苹果遇上梨

张晓芸　著

CFP 中国电影出版社
2016 · 北京

目录

第一章

突来空难瞬间引爆私情

上午 10 点 02 分，位于商场一楼的这家名为“淘宝”的数码冲印店正式开门，何梨从前台取出了一份洗印好的照片等待主人前来领取。照片上是一个面容清丽的女人，弯弯的卷发，高高的鼻梁，精致的嘴唇，特别是那双眼睛，藏着万古芬芳的颜色，瞬间就染上了你的眉，你的眼，你的心……

第一节

上午10点02分，位于商场一楼的这家名为“淘宝”的数码冲印店正式开门，何梨从前台取出了一份洗印好的照片等待主人前来领取。照片上是一个面容清丽的女人，弯弯的卷发，高高的鼻梁，精致的嘴唇，特别是那双眼睛，藏着万古芬芳的颜色，瞬间就染上了你的眉，你的眼，你的心……

但是10点30分的时候，何梨眼帘里却出现了另外一个女人，这个女人的太阳帽下有着一张性感的嘴唇。她是来洗照片的，当她把一个精致的U盘递给何梨的时候，何梨下意识觉得这个外国城堡造型的U盘分外眼熟。因为另外一个女人，也曾拿过这个U盘来冲洗照片。

U盘上的这座城堡叫都柏林城堡，是爱尔兰国家标志性的建筑，这座伟岸巍峨的城堡还有着一段王子与公主的爱情佳话，这些信息都是何梨的一个女客户苹果告诉他的，对方说这些的时候，何梨听得很认真。

谁料，打开U盘，里面的照片令何梨更为眼熟，照片上的那个男人曾经不止一次地出现在苹果的照片里。那么他和眼前的这个太阳帽女人是什么关系？夫妻？肯定不是。同事？

过于亲密。情人？八九不离十。

何梨深吸一口气，抬眼望了一眼眼前的大厦。这座大厦位于闹市，建筑风格有些模仿加拿大蒙特利尔的地下城。众所周知，蒙特利尔冬天特别长，气温常年零下20度以下，于是聪明的老市长建起了一个四季如春的地下城。在那个温暖惬意的城堡里，人们可以穿着单衣吃饭购物健身聊天，于是约会，看电影，喝咖啡都变成了异常美妙的事儿。

异曲同工的是，这个名为“劳伦斯”的综合大厦，与加拿大的圣劳伦斯河重名，它们的布局也是出奇的相似。北面是皇家山脉，南面是圣劳伦斯河，河畔对面可以看到婆娑的绿树和蜿蜒的山景。

可是此时的何梨根本没有心情欣赏山景。

太阳帽女人填写冲洗单的时候，何梨注意到对方写下了自己的名字——叶醉。好一个暧昧又撩情的名字，单从名字上看，似乎男人就无法逃脱情网。

眼前的太阳帽女人早已离开了何梨的视线，但是何梨仍对着那组照片发呆。何梨的眼睛一直未离开电脑屏幕，屏幕这个男人正和这个叫叶醉的女人接吻，他的一只手甚至还按在了女人的胸上，那陶醉的眼神此时看来尤为性感，那缠绵的样子无疑证明俩人是一对关系很好的恋人。

可是这个男人是别人的未婚夫啊？他怎么能背着自己的未婚妻去搞婚外恋？！

此时的何梨从自己的带锁抽屉里又抽出了一叠照片，照片上的女人叫苹果，半年前何梨和她在数码培训班相识。那时的何梨对苹果一见倾心，但是碍于面子没有大胆表白。后来培训班结束后两人意外断了联系，何梨特别后悔当时没有大胆求爱。好在上天眷顾，苹果上班的广告公司就在何梨数码店的对面，于是两个人又意外重逢。这一切让何梨兴奋不已，何梨决定这次一定要珍惜缘分，正当他要鼓起勇气正式追求苹果时，却得到苹果已经有未婚夫的消息，这个重磅炸弹炸得何梨沮丧不已。

苹果的未婚夫就是刚才出现在叶醉照片上的那个有着络腮胡子、性感笑容的男人。

何梨此时的心很乱，他的心底义无反顾地暗恋苹果，从苹果第一次来这里冲印，何梨就爱上了那双眼睛。那双眼睛里藏着万古芬芳的颜色，瞬间就染上了你的心，你的唇，你的爱，以及你的未来……

苹果供职于一家叫“勿忘我”的广告公司，专门给劳伦斯大厦内的奥斯卡影院做电影海报。于是何梨费尽心机地揽到了冲印海报的任务，这样顺理成章地把苹果私人洗相的业务也揽了过来。于是何梨可以每个阶段窥探一下苹果的生活内容，每一次看到自己喜欢的照片，看到照片上那个心仪的女人，他的心就会狂烈地跳动起来。但是他唯一能做的就是，悄悄加洗一张照片偷偷留下来。在一个个寂静的夜晚，看着照片上女人迷人的笑容发呆。很长一段时间，沉浸在此，不能自拔……

直到有一天，苹果拿来了一套春节期间与家人的照片，照片上多了一个络腮胡子的男人，这个男人亲密地搂着苹果的腰，俩人的脸贴得非常近，像蜜糖一样卷在一起，甜蜜煞人。直到那一刻，何梨才知道对方已经有交往对象了，那个男人就是她的未婚夫，叫骆北。

一种重重的失落感忽地把何梨击垮了，连续几周他都不想再看那些偷偷私藏的照片，照片上的女人一直在微笑，可是那笑容对于何梨来说，尤为遥远，尤为陌生……

而此时的苹果正在一条街道上焦急地拨打着骆北的电话，二人今天约好去民政局结婚登记的，可是对方到现在都迟迟未到。苹果的面容非常雅致，那张古典而匀净的脸，远远望去，美得惊人。手机总算在拨了数十个电话后打通了，骆北说十分钟后马上到。苹果的脸上，显现出了如释重负的表情。

何梨今天穿了一件蓝格子的亚麻T恤，很精神的样子，领口的内置标签还未拆掉，似乎预示着他今天要出门。这款亚麻T恤是韩国著名影星金宇彬做的广告，何梨与他相比更成熟些。这个30岁的男人挺拔俊朗，干净清爽，但是却一直没解决婚姻大事，个中的原因，一句话还真说不清楚。

“要不要告诉对方真相呢？”“自己是不是判断错了？”“会不会就此拆散一对恋人？”“她知道真相后会不会发生其他事情？”“这个王八蛋男人真是太过分了！”何梨的思绪杂乱无章。

由于何梨暗恋苹果，所以也打听清楚了骆北的来龙去脉。对方是个剧组摄影师，经常出差，一走三四个月，模样讨巧，口才极好，但是何梨觉得他不靠谱，因为他认为对方不能给予苹果幸福。骆北的摄影作品何梨也不甚恭维，因为对方极喜欢哗众取宠，然而作为深度摄影发烧友的何梨的技术其实在骆北之上。

何梨想到此，马上掏出手机给苹果打电话。“你在哪儿？”

苹果接了电话，回答对方，自己现在要去结婚登记。

何梨一听，心里想的脱口而出：“苹果，你不能去登记！”

“为什么？”苹果有些意外，也有些反感。

“为什么？没有，那个什么……我……”何梨也不知道自己是为什么。

“好了，好了，我未婚夫来了，我要挂了。”苹果说完挂了电话。

何梨一听傻了，这种渣男也要去嫁，这世界还有没有王法了？何梨一腔怒火地拿着车钥匙冲出门去了。

一条林荫小路上，骆北气喘吁吁跑过来了，他对苹果说，刚才自己接了一个导演电话，让自己火速赶往A市剧组救场，刻不容缓。苹果不高兴了，“怎么说好的事这样啊？把我当什么了？”骆北一看对方生气了，赶紧哄，可是他腰包里的手机一个劲儿炸响。

还是剧组导演的电话，骆北没办法只得接起，只听见对方在手机里大喊一声：“一分钟损失30万啊，哥们，赶紧来啊！不然这边老板要跳楼了！”

骆北无奈地拿着手机摊开手，这声音苹果也听到了，骆北在等待苹果的态度。

“算了，改天吧。”苹果让步了，这个女人就是这点好，从来不在大是大非面前胡搅蛮缠。骆北一听心花怒放，赶紧在未婚妻的脸蛋上亲了一口，接着他打出了“拜拜”的手势。苹果多少有些沮丧，自己一个人打车先走了。

骆北看着苹果离开的背影后，又接到了无数个剧组催命电话，内心急得一团火，可是着急忙慌欲打车离开的他却打不到车，被困在了原地，就是那条通往民政局的林荫小路上。

何梨的汽车在路上风驰电掣般疾驰着，何梨想找到骆北并不难，因为通过苹果的照片他早就认识了这个络腮胡子的男人，而且刚才已经从苹果电话里得知两个人今天去民政局结婚登记。

这时一个急刹车，何梨突然出现在骆北眼前，并且一拳砸在了骆北的鼻梁上。

“你谁呀？”骆北被打懵了。

“别管我是谁！我问你，你是不是脚踩两只船？”何梨厉声质问对方。

第二节

骆北一看对方手里拿着自己和叶醉的亲密照片，一下子愣住了，他的脑子快速转了一下，随即把何梨当成了叶醉爱吃醋的前男友。骆北似乎听叶醉说过，她有个爱吃醋的前男友。

骆北很快反驳：“我是不是脚踩两只船，关你什么事？你是哪根葱啊！”

何梨气坏了，不再言语，于是再来一拳，彻底砸在了对方的眼睛上，打得骆北眼冒金星。

骆北刚想还手，腰包里的手机又响了：“你订到票了吗？赶紧的，一分钟损失 30 万啊！”

剧组的催命电话简直可以杀人，骆北顾不上理论，赶紧打车离开。离开前他给何梨放话：“你小子给我等着，等着老子去收拾你！”

何梨不屑地弹弹手上的灰，“好！我等着！”

骆北狼狈地打车离开了，这时何梨突然接到了店里小工的电话，此刻他才突然想起来自己要去 A 市签署一个合同，还没订机票呢！于是开车返回数码店，径直上了三楼的机票代售点。

第 二 节

今天，何梨要去A市，他的数码店要在那里开分店，其实这个小店总共不超过四个人，但生意做得有声有色。

劳伦斯大厦的第三层就有一个机票代售点，何梨不经常坐飞机，也不经常去三层的商场和功能街，所以和那个窗口的面孔并不熟悉。昨天何梨在电话里咨询过机票了，但是自己并未刷卡交钱，于是何梨来到了三楼的这家售票点。

可是还没等何梨开口询问，里面传来一个声音吓了何梨一跳。

“哈，我正要找你呢，照片今天能洗出来吗？”窗口里面传出一个清脆的女声。

何梨诧异，一抬头，竟然看见了一张熟悉的面孔。他愣在那里，瞠目结舌。

“我说你怎么不说话，我的U盘你刚才忘还我了吧？”窗口里的女人嘴里不停地吐着泡泡，她的声音随着口香糖的泡泡一齐涌出她的嘴唇。

这个女人正是叶醉，那个戴着大沿太阳帽的妩媚女人。

怎么会这么巧？何梨下意识地嘟囔了一句。

没错，何梨刚才故意忘还了U盘，因为他想用这个U盘间接提醒苹果的注意，而不是赤裸裸地戳穿对方未婚夫的嘴脸，并傻傻地惹祸上身。可是他万万没想到这个叫叶醉的女人就在离自己近在咫尺的大厦三楼上班，更没想到她就是自己喜欢的女人苹果的情敌。

“哦，我正要等你取片时还给你呢，没想到你在这儿上班，真巧。”何梨掩饰慌乱，故作镇定地答道，似乎脸上还有自然的微笑。

“我也正纳闷呢，原来咱们离得这么近啊？”叶醉今天的笑容尤为惹眼，想必此刻心情很靓，想必一定有男人送她暖爱，想必昨晚一定狂欢得很尽兴。

何梨不知道自己怎么回答的，于是岔开话题，“我要订一张去 A 市的机票。”

“好吧，身份证！”叶醉接招了。

何梨把身份证和银行卡递过去，叶醉噼哩啪啦敲着电脑，“哦了！三个小时后起飞，航班号短信已经放到你的手机上了。”

“好的。”何梨已经拿回了对方递回来的身份证和银联卡，准备离开。

这时突然身后窜出一个男人，一把攥住了何梨的手臂，满脸焦急，“哥们，哥们，这张机票让给我吧！”

这个男人身材高大，穿着导演马甲，背着摄像包，肤色黝黑，络腮胡子，却藏不住与生俱来的性感魅力。显然，他在一边听见了何梨刚刚订票要去往 A 市的信息。

何梨转过脸，对方男人也看清了何梨的脸，随即两个男人都剑拔弩张的样子。

“臭小子，原来是你啊？！”络腮胡子正是骆北，当他看到自己乞求的人正是修理自己的人，顿时脸色大变，怒火中烧。

何梨也没料到面前的男人就是刚才自己教训过的骆北，一下子也有点不知所措。

骆北显然刚才一肚子窝囊气，于是一下子火冒三丈地和何梨打了起来。他把何梨拉到了大厦的一条过道上，嘴里骂着：“我是不是脚踩两只船用不着你来管！你是哪颗葱啊？！信不信我报警收拾你！”

何梨一听这话更来气了，厉声回答，“我就是看不惯你这样对苹果！”

骆北一听说对方认识苹果，顿时有些软了，毕竟自己准备结婚领证、娶进家门的人是苹果，他害怕何梨去告诉苹果自己的“丑事”，于是直接改变了刚才剑拔弩张的气焰。“您是苹果的朋友？”

何梨很严肃地点了一下头，“同事。”

骆北立刻换了一张脸，“哥们，误会，误会，原来你是苹果的同事啊，我还以为你是叶醉的前男友呢！”

何梨心里骂，什么乱七八糟的。

“是这样，是这样……哥们——”骆北一个劲儿焦急地解释着，“我是个剧组摄影师，目前要火速赶到A市去救场，十万火急！可是我查到那个小城市今天没机票了，哥们，你这是最后一张，帮帮忙！”

何梨听到这个解释还是不以为然，“我也有急事要出差啊！再说了，谁知道你是不是出去花心？！”

“天地良心啊，我是去救场。”骆北急得快跳起来了。

何梨依然不表态。

叶醉隐约看到外面有两个男人打架，于是赶紧出来一看究竟，结果一看这情形，有些意外：“骆北，你怎么来了？！”

原来是这样，A市是个小城市，航班本来就不多，此刻的骆北查到今天飞往那里的航班都没票了，于是马不停蹄来求自己的情人叶醉，因为她是航空公司的，希望可以有一线曙光。结果骆北刚巧看到面前的这个男人也订了一张A市的机票，于是死乞白咧地求对方让给他。没料想，这个男人竟然是何梨！

何梨正在气头上，说什么也不让，还说自己也有事去出差。可是骆北说自己今晚必须赶过去，不然剧组每分钟损失30万。叶醉也在一旁说好话，并解释说这是自己的男朋友，希望何梨看在都是楼上楼下邻居的份上帮个忙。

于是何梨把骆北拉在一边，说让出机票也可以，不过对方必须答应自己一件事——就是和叶醉断绝往来！说完何梨再次把叶醉和骆北的那张亲密照展示给骆北看，并说自己会把这些照片马上销毁，永远不让苹果知道！

骆北是个市侩的人，唯利是图，见利弃义，而且没有什么明确的立场。为了不让自己脚踩两只船的丑事曝光，而且还想得到这张紧俏的机票，他一口答应了何梨，末了还掏出2000元“封口费”塞给何梨。何梨不要，正好叶醉此时走过来帮忙，叶醉一看这情形，直接把2000元塞进了何梨的口袋！

“介绍一下，他是我的未婚夫骆北我们马上就快结婚了！既然咱们是楼上楼下的邻居，那你雪中送炭做回好人把机票让给他吧，这情我们记你一辈子，祝愿你今年一年发大财……”

叶醉嘴甜，一通狂许愿，何梨骑虎难下，只得无奈退票。

他一边退票一边骂，“王八蛋，两边都要当未婚夫，真是不怕风大闪了舌头！”

随后骆北拿着票就跑了，背影虎虎生风。

何梨看见骆北走后，故意留下来套叶醉的话。叶醉心无旁骛，很得意地告诉何梨，两人认识一年多了，感情很好。

“天啊，这男人真是不得好死！”

何梨怎么也没想到自己咒骆北的话一语成谶。

此刻，何梨的脑子懵懵的，今天发生了太多的事让他无从打理思绪。算了，不出差了，还是想想怎么提醒一下苹果吧……

第三节

整整一个上午何梨都在拨打苹果的电话，可是对方寥寥几句就挂断了，原因是苹果今天极为不开心……

从民政局扫兴而归的苹果悻悻地回到了单位。这个女人是一家勿忘我广告公司的创意及设计师。因为工作的关系，她设计的电影海报经常在何梨的数码店里打印成品，之后会拿到劳伦斯大厦11层的奥斯卡影厅前展出。每次苹果拿着内存电影海报的U盘前来何梨店里时，何梨都会假装从电影入手和这个女人神聊一会儿。“最近上映什么新片呀？”“你海报里的这些海螺是什么意思？”“这些红唇是什么意思啊？为什么要设计这么多像玩偶一样的精油瓶子……”

对于何梨没话找话的滔滔不绝，苹果也没有表现出反感，全部一一作答。何梨感觉到这个女人身上，有着一种与生俱来的温婉和隽永之气。那时他就见过苹果拿过这个外国城堡造型的U盘，当然她也拿过其他别的U盘，但是何梨对出现在苹果身上的任何东西都尤为关注，因此他记住了这个U盘。

何梨一直盯着那些叶醉的照片在研究，他一直在想对策，到底要不要告诉苹果事实呢？干嘛非要强加给对方痛苦的真相呢，没准老天爷对苹果的人生还有另外一种安排……

何梨最后的这句话似乎有着极强的臆想空间和想象色彩，他是在说自己还有机会吗？还是在说他骨子里希望这个女人离开那个花心的未婚夫，无论将来的男人是不是自己，都不会像现在一样痛苦？

谁料想，今天回到单位的苹果竟然抽中了公司搞的年中大抽奖的礼品，意外获得了一套欧洲双人游的免费旅行券。同事们都打趣说：“苹果，你的蜜月游不用花钱了。”此时的苹果也很开心，兴冲冲去给骆北报喜，谁料对方还是没有接电话。苹果的心情再次跌入低谷，脸上刚刚浮现的一丝兴奋随机烟消云散。

此时的骆北正心急火燎地往机场赶，根本没心情接苹果的电话。不过这个男人是个撩妹高手，他同时游走在两个女人之间，不仅有惊无险，而且绝无穿帮，不得不点赞他的情商和他的爱情指数。这不，他刚刚在专卖店订购了两条一模一样的钻石手链，分别送给自己的两个女人。苹果的这一条先收到了。

当苹果收到这条钻石手链时，顿时心花大放，原来未婚夫还是爱我的嘛！可偏偏这个时候何梨的电话再次打来了，苹果不耐烦地询问什么事。何梨撒谎说，今晚数码培训班的同学要聚会，希望苹果来，苹果思忖了一下，应允。

整整一个中午，何梨一口饭也没吃。他的心情时喜时悲，时悲时喜，但是他自己也不知道，喜的是什么，悲的又是什么……

大厅内的音像专柜传来了一首老歌《彼岸》，“爱是挣扎 / 爱很优雅 / 爱是对话 / 如此伟大 / 爱是责骂 / 爱很复杂 / 爱是惩罚 / 让人害怕……”何梨若有所思地听着，此刻却听得心烦意乱。

今天窗外的阳光亮得晃眼，那些个起伏的光点仿佛一只只活蹦乱跳的小狗，叽叽喳喳，肆意穿梭，不停地冲击着人们的视线。

“又在单相思啊！哥，你长点志气行吗？”这时，一个尖锐的女声直直地射进了“淘宝”的休息室。

“哎呀，你总是吵我的觉。”何梨抬头，不满地嘟囔着。

“哈，从没见过你这样睁着眼睛睡午觉的，怀里还抱着两个女人的照片？！”

麦琪琪的超大嗓音让何梨无地自容，他下意识地收起照片，的确他怀里同时抱着苹果和叶醉的照片。

何梨和麦琪琪本是风马牛不相及的一男一女，但是前年秋天的时候，何梨的母亲嫁给了麦琪琪的父亲，所以两人也就有了亲人的这层关系。麦琪琪的父亲麦大可打见何梨的第一眼，就对这个言语稳重、长相不俗的小伙子倍生好感，他很想把何梨纳为女婿，但是这年头的年轻人打死也不同意拉郎配，所以两位老人也并未言破。

麦琪琪是一个假小子打扮的女汉子，喜欢拳脚，在这个大厦的一家跆拳道馆当教练，目前孑然一身，没有男友。

第四节

此季，大厦里的工人正在更换天棚上的百叶窗，夏天来了，工人们把原本白色的百叶窗更换为赏心悦目的绿色，像一幕清凉飞溅的瀑布，在阳光下述说斑斓。他们忙碌的身影在何梨眼前来回穿梭着，却令这个男人心情更烦躁了。

正午的静谧时光，瞌睡就像心底长起来的草。何梨的同事都趴在桌台上小憩了，唯有他睁着失神的眼睛，瞠视着异常安静的门厅。

有时候，一个人的情绪就是全世界。此时何梨的心思，既烦乱又缜密。

这时，叶醉的数码照片已经冲洗好了，何梨盯着那些照片突然有了一个大胆的想法，他决定把照片掉包，让苹果来取叶醉的照片，那时，她就会看到自己未婚夫出轨的秘密。

何梨的心口剧烈地跳动了起来，这样做道德吗？这样做残忍吗？这样做自己真的没私心吗？何梨不停地看表，他背上这件蓝格子的亚麻衫上已经渗出了汗渍。此时此刻，30 年来的他，第一次感到人生如此的困惑。

这家数码小店是一家私人店，这是何梨的创业分水岭，以前何梨做过生意，也做过白领，可是生意做赔了，白领也压抑不自在，于是干脆辞职选择了一份喜欢的工作。何梨喜欢摄影，他能从镜头里捕捉每个人的情感，于是开了这家店。

其实摄影一直是何梨的业余专长，他对照片和摄影角度的理解都堪称专业。当初喜欢上苹果的照片，就是因为骆北独特的摄影风格，对方的构图极为夸张，浮夸中不免透出点点才华。但是当现在得知骆北是个猥琐卑鄙的男人后，他开始排斥骆北的照片了，甚至一口气挑出了数十处原本藏在心里的技术不足。

这时，突然一个熟悉的声音打碎了这一切。

“咦，我的照片怎么少了一张？”对面的声音是叶醉传来的，她不知道什么时候站在了何梨的面前，手里正翻看着自己刚刚洗好的照片。

“你怎么回事？怎么少洗了我一张照片？！”叶醉此时性感的红唇却彰显出极度的不满。

“没有啊，都在这里。”何梨辩解着，一脸无辜的表情。

“可是我们分明还有一张挺漂亮的照片不见了，你去把我的U盘拿来！”叶醉说的那张漂亮的照片，是为了掩人耳目，其实就是何梨最厌恶的那张，也是最撩情的那张。男人的脸伏在女人的胸口，男人的手搭在女人的乳房上，一副满足又享受的表情。

“不会啊，我们可以找出U盘来查看。”何梨一副委屈的表情，下意识地去寻找U盘，可是这时U盘却突然不见了。

那个外国城堡造型的U盘一直放在冲洗照片的小篮筐里，就在何梨的手边，他知道一会儿叶醉来取照片时，自己一定是要还给对方的。可是在关键时刻，却怎么也找不到了。

“哎，我问你，你成心的是不是？”面前的女人一脸不悦，她摘下墨镜，那双眼睛射出了一万个不友好。何梨不仅弄丢了她的宝贝照片，还弄丢她的U盘，这家数码冲印店怎么会有这种素质差的员工？

何梨理亏，一声不响地找着，其实内心深处，他无比地高兴。

殊不知，何梨是故意拿走了那张暧昧又撩情的照片，他觉得苹果看到一定会崩溃的，他觉得用这种方式对待一个贤良的女人太过残忍，自己不忍心看到苹果的泪水。于是何梨又神不知鬼不觉地删掉了U盘上的底片，他知道这样就可以死无对证了。删掉照片的那一刻，何梨下定决心扣留U盘，让这个秘密永远不得曝光。

谁料叶醉不依不饶，她一定要何梨归还那个 U 盘，何梨诧异之下，也被这个女人搅得心烦意乱。

“我还准备下来感谢你雪中送炭出让机票呢，谁知道你这人干活这么毛糙，那张照片很重要，我现在就去投诉你！”叶醉不依不饶。

……

正在这时，叶醉的手机响起，原来是快递电话。随后，骆北送给她的那条钻石手链，叶醉也收到了。她戴在手腕上，欣赏着，炫耀着，心情好了很多。

不可否认，骆北是个撩妹高手。他和苹果的相恋，聚少离多。骆北经常出差，一部电视剧一拍就是三个月，回来还不到一个月，却又要走，以至于俩人的亲热时光都是见缝插针，仓促潦草。苹果感觉像偷情，可是她根本没偷过情，她看老公拍的那些电视剧里演的偷情，都是这样的仓促，这样的潦草。

极为讽刺的是，骆北偷过情，而且就在苹果的眼皮底下。并且骆北偷情时一点也不仓促与潦草，他和叶醉都喜欢前戏，都喜欢缠绵的耳语和激进的节拍，这是苹果不曾享有的东西。由于骆北许多戏就是在北京拍的，所以他根本没有去外地，而且他也没有自己天天说的那么忙。他经常可以忙里偷闲地去某个宾馆或某个度假屋与情人约会，享受片刻的温存时光。于是在苹果面前的表现，就变得潦草和仓促起来。只是他运气很好，遇到的爱人很隐忍，很温暖，很善解人意，每次都是带着浅浅的微笑入睡，让这个花心的男人也是难得的满足。

此刻的太阳突然躲进了云层，再也不肯露出脸来，好像要变天。

的确这天晚上，发生了一件惊天动地的事。

飞往 A 市的飞机遭遇空难。

骆北死了。

何梨惊诧万分又瞠目结舌，而这件事起于他，止于他；始于他，终于他；于情于理，他都逃脱不了干系。

第五节

骆北死了。

就是乘坐那趟飞 A 市的飞机出事故丧命的。原因是夜航飞机在降落跑道后，滑行时出了意外，机身断成两截，骆北和另外一些乘客被飞机失事的大火烧死。当地媒体称，该机场不具备盲降系统。

何梨听到这个消息时，大脑一片空白。旁边的同事一个劲儿夸他运气好，说他因故退掉了那张 A 市的机票，虽然对方并不知道个中详情，可是何梨还是一阵阵心虚。他心里明白如果不是自己把那张机票让出去；如果不是叶醉一味地打岔，那么死的这个人应该是自己。老天！这件事归根结底应该怪自己不应接了叶醉的冲洗照片任务，这样就不会发现秘密；秘密不被发现，自己也不会去暴打骆北；不暴打骆北，自己也不会被他挟制出让机票；不出让机票，就不会有骆北的丧命，就不会有自己现在的良心不安……

何梨不敢想了，他觉得自己就是罪魁祸首，换言之自己就是“杀人凶手”。可这一切来的太突然，太意外，太没有防备，很难说何梨骨子里就这么恶毒，很难说这就是何梨希望的结果，很难说何梨就此扫平了障碍，就可以从此得到苹果……

这天下午，何梨战战兢兢地跑到了三楼叶醉上班的地方，站在售票厅的窗口表情复杂地望着里面的女人。谁料叶醉这次看见何梨，并没有像以前那样变作咆哮女郎，而是一瞬间就红了眼圈，哽咽又断续地问："你是不是早就知道飞机会出事，所以才那么痛快把机票让出来？"

何梨大喊冤枉，天地良心，诚心可鉴，一个劲儿地替自己辩解。

叶醉住了声，也止了哭泣，已经黯然失色的唇里吐出一句幽幽的话："我总觉得你是我和骆北之间的灾星。"

何梨再次喊冤，又大声辩解了起来。

可是叶醉不依不饶，"那你为什么要多收骆北 2000 元钱？！你这不是陷阱是什么？"

何梨彻底崩溃了，他知道在这件事上，自己有嘴也说不清。何梨赶紧掏出 2000 元退给对方，谁料叶醉怒火中烧，把钱摔在了何梨的脸上，直骂对方是混蛋，并放言何梨休想和这件事脱干系！

叶醉这时想起来自己在何梨那里冲洗的照片，她让何梨把照片和 U 盘送上来做个纪念。谁料何梨答应过骆北让这件事永远埋葬，打死也不肯交出来。结果这件事又惹怒了叶醉，她歇斯底里，让何梨永远滚开她眼前。

何梨十分狼狈，随即转身下楼，但是他的脚总是踏空楼梯，抓不牢地面，让人感觉他几乎崩溃。何梨心里明白，苹果永远都不会知道自己是个隐藏的罪人，越是这样，何梨越是内疚。他想替苹果做点什么，或者是什么也不做地默默注视。如果，如果这种注视，可以抚平悲伤……

可是当何梨下楼来到自己的"淘宝"数码店的时候，赫然发现眼前立着一个人，一个女人，一个忧伤的女人，一个面容忧伤、却隽永清秀的女人。

是苹果。

对方的眼睛红肿肿的，像是哭了好几天，头发散乱地垂在双肩上，人也消瘦了几分。何梨见状赶忙上前招呼，并且顺势送过去一杯冰水。"呃，我刚刚才听说……"

何梨此前就知道苹果的未婚夫叫骆北，是因为有一次苹果来洗相，何梨问起，她自己答的。这个男人照相时喜欢带一顶船夫帽，故作深沉的样子似乎在述说他是个有故事的人。何梨不喜欢这个男人，总觉得他那双眼睛里藏着一些隐蔽的秘密，但究竟是什么，他也说不清。

何梨听说空难后，第一时间就查询了媒体公布的遇难者名单，他看见了骆北的名字，确信了这一切。可是确信之后，他没有一点轻松和兴奋，相反是无边无际的恐惧和压抑……

苹果推过了冰水，摇了摇头，没有说话。何梨也不知道该说什么，连忙低头翻出对方要取的一张海报，递了过去。

谁料对方接过后，还是摇头，沉默片刻后，苹果终于开口了。“我来取一个U盘，就是之前我用过的那个U盘，前两天骆北送来洗照片的，那上面有他留给我的东西。”

苹果说得很慢，很轻，但何梨却听得震耳欲聋。

“是那个外国城堡造型的U盘吗？”何梨疑惑地问。

“对。”苹果肯定地答。

“那个U盘里有骆北留给她的东西？！这男人不会是疯了吧？！”何梨疑惑极了，不停地在心里一遍遍叩问。

第六节

数码店的接待台上摆着一缸金鱼，此时两只调皮的金鱼正在咕咚咕咚吐泡泡，一连串的泡泡惊起了水面的串串水花，在阳光下泛起耀眼的涟漪。

“你，你能说的再详细点吗？我，我还是没明白。”何梨怎么也想不明白，骆北竟然敢把含有自己偷情证据的U盘给未婚妻，还说这是留给恋人的遗物，他脑子是不是出毛病了。

“就是骆北前几天曾送到这儿一个U盘，外国城堡造型的，要求快洗照片，现在我需要这个U盘，你快点给我。”苹果突然提高了嗓音，并且有点微怒地看着何梨。

何梨有些诧异了，骆北根本没来过数码店冲洗照片啊，分明是叶醉来的，可是怎么给苹果解释这一切呢？说他未婚夫有个情人，还说那个U盘上全是他们俩人调情的照片？！

“你到底有没有在听我说话，我要那个U盘！”苹果突然吼了起来，吓了何梨一大跳。

“对不起，真的找不到了，我很抱歉！”何梨扣留了这个“宝贝”，可他脑子里却是在想，万不得已，究竟是给叶醉，还是给苹果啊？

但是仅仅两秒钟后，何梨就拿定主意，谁也不给。

这下，苹果哭了出来，她非常不满何梨的怠慢与推诿。她突然拿出了手机，一条短信赫然出现在了何梨的眼前。短信是骆北发来的，上面写着：苹果，对不起，真的对不起，我现在很后悔没有好好对你，去那个数码店取 U 盘，那上面有我对你说的话。

原来，骆北的飞机在深夜盲降后，冲出跑道后一直在滑行，之后机身才因为重创断成两截，之后才会失火，才会发生集体逃生事件，才会有那么多人员伤亡。可是这期间所有的人都预知到灾难即将降临，全都打开了手机，但是不知道骆北为什么没给苹果打电话，而是选择了发短信。也许在他内心深处，只有在将死的时候，才是对未婚妻全部的悔悟，而这种悔悟又是他无法启齿的。

这么想来，何梨更坚定了“U 盘丢了”的说法，他觉得骆北太自私了。一个快要死的男人，终于从花心的骨子里过滤出了一丝忏悔，可是他以为这样做就可以轻松赎罪了，殊不知苹果知道未婚夫的私情后，如何面对接下来的生活？

何梨觉得这个男人太可耻，不，是不可救药的可耻！何梨也见过无耻的男人，他们一面给自己的女人送鸽子蛋，一面继续在外面花天酒地。这就好比多少女人喜欢鸽子蛋，她们先晒爱蛋的鸽子，再晒爱鸽子的蛋，但是那个男人既不爱鸽子也不爱蛋，他最喜欢做的事情，就是放鸽子。

现如今摄影师的代名词是——色影师，何梨觉得苹果根本不该找这么一个职业的男人做老公。

何梨的心一阵阵疼了起来，他替苹果不值，真的。不知道为什么，何梨此刻疲惫又痛苦，他的心像被一双粗糙的大手拨开，那双大手上长满了肉刺，每拨一下都让他一阵战栗与心悸。

此时，室外下起了雨，夏天的雨来得急去的也快，像情人间的吵嘴游戏。可是今天的雨似乎没有停歇的意思，一串串暴怒的雨珠卷起西风，袭击着数码店的临街玻璃。

那天下午，苹果也变成了一个咆哮女郎，她一个劲儿质问何梨为什么弄丢客户的U盘，可是何梨又不能解释，只能狼狈地听着苹果每一句尖锐又刻薄的话语，丝毫没有还口之力……

何梨沉默了，此后的时间里，何梨一直沉默，他不知道自己是不是应该把U盘交给苹果；是不是在间接害死骆北后，再次刺伤这个女人千疮百孔的心……

第六节

可是苹果走了没多久，何梨的麻烦依然在继续。

叶醉再次跑下来问责何梨，她捧着一个小盒子，里面装着骆北生前衣服烧掉的灰。她扔给何梨，让何梨当着骆北的骨灰忏悔！这可把何梨吓坏了，他当即掏出那2000元钱烧了，希望自己别再和这个花心的骆北扯上任何关系！可是叶醉恶狠狠地说："这件事你永远脱不了干系！"

何梨顿时觉得天旋地转！

谁料想，更让他目瞪口呆的事还在后面。

傍晚时分，怒气冲冲的苹果竟然领着一个长得和骆北一模一样的男人来讨伐何梨了。

可是，可是，骆北不是死了吗？怎么会又出现了？！

第七节

何梨的数码店位于大厦的一楼，大厅的大理石地板今天干净得可以映出人影，此时正在埋头工作的何梨突然在眼帘里跳入了一男一女、一高一矮的两个身影。

他抬头，看见了苹果和骆北。那男人果然是骆北，高高的身形，修长的手臂，干净的白衬衫，唯一不同的是他没有络腮胡子。

这个人由远及近地走来，他身上还飘着一丝香味，一种罗勒叶子的味道，很清新，很爽怡。何梨的心也不由自主地提了起来，“难道今天见到鬼了？”

俩人走到近前，男人开腔了：“苹果的东西找到没有？”

何梨下意识地摇了摇头，眼里叠加了十二分的惊诧。“你，你不是出事了吗？怎么——”

男人很不厌烦地打断何梨，“别问那么多，我再问你一遍，那个U盘你到底放哪儿了，什么时候能找到？！”

何梨有些没缓过神来，唯唯诺诺，不知所云。时间一秒一秒滑走，对方彻底被激怒了，揪住了何梨的脖领子不停地质问。苹果也很恼怒何梨的回答以及他今天的推诿态度，再次剑拔弩张地与何梨对峙起来。

今天的天气非常的热，以至于大厦的空调嗡嗡作响，仿佛千架直升机从头顶盘旋而过。

这一男一女的声音此起彼伏地响在何梨的耳畔，几个回合下来，何梨筋疲力尽，他有一刻甚至想妥协了，把藏在自己包里的那个U盘拿出来了事，就万事大吉了。可是思来想去，觉得不行，自己不是已经答应骆北保守秘密的嘛！

终于弄清楚了，这个男人叫骆南，是骆北的双胞胎弟弟。

何梨在被质问，被拷打，被辱骂的境况下，依然傻乎乎地坚守着……

今天的跆拳道馆客人非常少，麦琪琪收工后闲来无事决定去看电影，于是上了楼上的奥斯卡影院。

谁料，电影院开场后不见电影出现，只见一个叫费利的富二代捧着一个20万人民币叠的泰坦尼克号向一个N线女演员求爱。突然场内放灯，一片火光和烟雾弹，感觉像是战争片的拍戏现场。

当这个N线女演员出现的时候，场内引起了不小的骚动，甚至还有很多向她索要签名照的脑残粉（其实这些都是费利雇来的托儿）。电影演到一半时，一个司仪身份的男人出来主持现场，他对这部电影里的这位N线女演员的演技大加赞赏，称她是未来的四大当家花旦，前途不可限量，而现在她也将要迎来一个激动人心的时刻。

富二代小渣男费利这时又换了造型，带着王子的面具款款出场，捧着一颗大钻戒，深情地念着自己早已准备好的台词，同时对着台下叽叽喳喳的观众用眼神儿交涉。但是N线女演员没有同意，对方表示费利仅仅是个小土豪，跟自己根本没有精神的交流，自己根本不会嫁给一个这样的人。本来就是想玩玩儿，没想到还当真了。说完N线女演员将费利手里的大钻戒拿走了，说是给自己的分手费。

费利看到此女这么不给自己面子，一怒之下展开了霸王强上弓的姿势，表示还从来没有一个女人敢这么拒绝自己。女演员开始尖叫着，拒绝费利的强行，而此时热情的脑残粉及众多好友团全部呐喊尖叫，没有一个人前去帮助女演员。

“这还了得，在众目睽睽之下如此放肆。”麦琪琪实在看不下去了，一个箭步冲了上去。麦琪琪本身就是跆拳道教练，一个巴掌就将费利打倒，此时的费利早已被麦琪琪擒住，压在脚下嗷嗷直叫。

这时N线女演员的众多追求者都现身了，他们觉得费利太猖狂，羞辱了他们心目中的女神，结果一起向费利讨伐。费利左右受敌，被人拳打脚踢，狼狈之极。这时麦琪琪又看不下去了，上前替费利挡拳，替费利解围，最后麦琪琪看着费利满身是伤的狼狈样，无奈把他搀扶到自己哥哥何梨的数码店去擦药。

谁料麦琪琪看到哥哥何梨脸色煞白，忙问怎么回事。何梨不想说破，撒谎说自己感冒了，麦琪琪没有继续追问。

何梨看到自己妹妹搀着一个打扮得极为不着调的小泰哥来店里，忙问是怎么回事，麦琪琪解释说自己是英雄救美。

上药的时候费利对麦琪琪的一身拳脚赞叹有加，非要缠着对方学功夫。麦琪琪告诉对方自己就是这座大厦内一家跆拳道馆的教练，想学就来报名吧！费利应允，临走时他不解的问，为什么你哥哥姓何，你姓麦？麦琪琪快人快语：“他妈和我爸是二婚！”

第八节

今天，何梨一天都没有好心情。

与何梨同样烦躁的还有苹果，她现在的日子也是一样的煎熬。苹果这些天一直没去上班，此时她软绵绵的身体像一团棉花一样漂浮在病榻上，但是却没有人来给她端茶倒水。甚至她想要的片刻清净都不能实现，骆北母亲宋天鹅像一头愤怒的狮子，不厌其烦地冲到苹果家数落着房间里的这个女人。

宋天鹅难以接受白发人送黑发人的痛苦，本就对苹果冷眼相待的宋天鹅这下更是讨厌苹果，觉得这个女人就是自己家的灾星。由于苹果与骆北还未登记，所以不是家属，宋天鹅拿走了骆北的全部赔偿，这一点让骆南都替苹果鸣不平。

这还没完，由于事前苹果和骆北贷款买了一套按揭房，目前苹果刚刚入住。这套房子骆北拿了 40 万首付，之后每个月的按揭是苹果付的，可是宋天鹅勒令苹果搬出这套房子，苹果不同意，说这房子是自己在还贷款，于是两人吵了起来。宋天鹅说，要么把骆北的首付还回来，要么搬出这套房子！一旁的骆南实在看不下去了，告诫妈妈别再这么嚣张了，最终劝妈妈先行离开……

宋天鹅一直和小儿子骆南不太搭调。宋天鹅经营着一家进口家具店，为了打造品牌，为了策略营销，她每天待人接物都以一副上等人自居，这样以便招揽更多的多金顾客，从而提升自身的品牌价值及身价。

对于这一点，骆南很看不惯。虽然骆南作为她店中的设计师，可是他看不惯母亲一副以有钱人自诩的样子。他和母亲争执过，抗议过，但对方非常反感。宋天鹅觉得自己生意做大以后，自然就晋升为了有钱人，穿衣的品位，说话的语调，请客的派头，甚至喜欢的音乐都发生了天翻地覆的变化。骆南说她附庸风雅，可宋天鹅觉得这很正常，人本来就分为三六九等，自己现在的身价当然不能与那些曾经的朋友相提并论。

宋天鹅走后，骆南请苹果吃饭。苹果这几天由于伤心过度，根本没吃过一顿正经饭，于是骆南干脆叫了外卖，两个人在苹果的新房里吃了一顿很复杂的简餐。

席间，骆南说自己会把哥哥的首付 40 万掏出来，然后让苹果继续在这里居住，“这个钱不要让妈妈知道是我出的。”苹果诧异，问，“你为什么要这样帮我？”

骆南哑言，因为只有他内心才知道是为什么。这个晚上，他缓缓地讲述了原委。

原来苹果和骆北的相亲主角本来是骆南，中间人介绍的是骆南，但是那天骆南出差未归，哥哥骆北调侃说自己“出柜”救场，骆南也就没当回事，还说这主意不错。骆北喜欢开玩笑，说自己只是救场，弟弟回来后就物归原主。谁料骆北是个撩妹高手，他很快就拿下了苹果，转眼就谈婚论嫁了，根本就把兄弟间的话抛得九霄云外。因为骆北是自己的哥哥，所以骆南没办法较真，他只能看着哥哥追求苹果，而自己什么也不能做。其实骆南在看到苹果照片的第一眼时，就喜欢上了这个女子。如今哥哥命丧蓝天，骆南作为一个男子有义务照顾苹果！

苹果听完，内心生出一丝苦涩。骆南再次爆料，说哥哥每次出差时，其实都是自己与苹果聊天，这些都是哥哥授权的，只是骆北不让说破。苹果这才恍然大悟，原来文字上的熟稔是自己和骆南产生的，可是命运为什么总是这么阴差阳错？！

骆南再次表态说首付的钱自己出，还让苹果继续在这里住，谁也不要怕，也不要搬家。苹果很感激，说自己会慢慢还钱给对方，并且很真诚地说了声谢谢，骆南从这声谢谢中感觉到了一丝别样的温暖……

骆南从苹果家开车返回的途中，一年前的情景，恍然浮现眼前。

那天有人给苹果介绍了一个对象，约好下午6点在电影院见面。苹果知道对方姓骆，大自己三岁，搞艺术的，其他的情况就不知道了。可是左等右等还没见人来，最后终于来了一位男士，他说他叫骆北，是一个剧组摄影师。苹果并不知道骆南换成了骆北，她只知道摄影师也是搞艺术的，于是和对方交往起来。

原来那天骆南有客户接待，于是他给朋友打电话说换个时间吧，今天的确太忙无法脱身。当时骆北正好在弟弟身边，于是自告奋勇说，“换什么呀，既然人家女的都来了，我就替你走一趟吧，先去给你把把关。”

就这样骆北阴差阳错地认识了苹果，对方的隽永、雅致，蔚然深秀都深深打动了他，于是骆北撒了泼地表现。正好他们那天看的电影是骆北一哥们导演的，于是骆北当即打通了电话，席间还让苹果和大导演讲了几句话，这个细节让苹果对他好感倍生，以至于到后来根本就没有骆南什么事了。

那时的骆北其实已经认识叶醉了，只是这个男人阅女无数，非常奸猾精明。他知道叶醉胃口太大，只能当甜点，但是苹果却可以堂堂正正地娶进家门。于是，他不动声色地上演了加班工作、频繁出差等障眼法，致使自己游刃有余地穿梭在两个女人之间。无奈，善良清澈的苹果根本没有发现任何破绽。那时，苹果迷恋到骆北执着精湛的摄影技术里了，经常她会捧着对方为她拍摄的照片一宿一宿地发呆……

骆南自那之后也见到了苹果，平心而论，苹果典雅隽秀的美感，正是他喜欢的类型。可是哥哥捷足先登，他这个做弟弟的也不能翻脸，但是从那时起，骆南的内心深处就种下了遗憾。为了避免尴尬，骆南一直在外面自己的住所居住，偶然回来吃饭也是匆匆一闪，他怕和苹果牵出某些情感以外的东西，似乎并不单单是遗憾和尴尬。诚然，内心深处他一直希望有朝一日，可以与苹果相依相拥，相宿相伴，但是这种想法也仅限于夜晚的某个梦，于是他自己的感情生活一直不太稳定。

此时，哥哥突然罹难，这让骆南也猝不及防。但是当看到苹果那张无助孤独又悲悯的脸，他内心隐藏的爱恋又再度萌发，勃勃生长，内心总会有个声音对他说：我要照顾这个女人，我要给她温暖，给她依靠和安全感。

第二章

前妻俱乐部里的欢乐颂

这时何梨和骆南全部上前把叶醉和费利拉开，突然叶醉看到了一个长得和骆北一模一样的男人，这个男人身材挺拔，干净优雅，虽然没有骆北的络腮胡子，但是他的眉眼和骆北如出一辙。他身上有一丝香气，一种罗勒叶子的味道，很清新，很爽怡。叶醉彻底傻了，她脸色发白，浑身颤抖起来，接着她一个箭步冲到了骆南的面前，脱口而出“骆——”

眼尖的何梨一看这阵势马上明白要出乱子，直接冲上去捂住了叶醉的嘴巴，随后何梨找了个借口连拉带拽硬是把叶醉给拖出了韩餐厅。

第一节

骆北真真切切地死了，绝不可能再活过来。

出了这件事后，何梨一时间也无所适从，情绪一落千丈，可是更让何梨觉得可怕的事还在后面。

叶醉在经历了男友死亡的噩讯后，决定出去散心，于是报名了一家旅行团。苹果也是迟迟走不出悲伤，于是骆南索性给她报了一个旅行团，让她出去散散心。

于是苹果和叶醉相遇了，两人不仅在一个团，而且还是大巴车上的邻座。那个早上，一缕阳光的照射下，两个女人有一搭没一搭地聊了起来。

无独有偶，似乎上帝做了安排，两个女人很聊得来，她们还各自聊起了各自的男人。苹果说自己的未婚夫是个摄影师，但是空难死了；叶醉一惊，说自己的男朋友是个导演，也是这次空难中死亡的。这句话，一下子让两个女人一瞬间惺惺相惜起来。由于骆北撩妹技术高超，满嘴谎话，所以这一趟情敌相遇，有惊无险，并未穿帮。

但是在回去的大巴上，苹果接到了一个匿名的电话。可是接通后对方是个男人，他只是用英语叫了一声“骆北”便挂断了电话，无论苹果如何回拨过去，对方都传来了关机的声音。这席间，叶醉睡着了，所以这个插曲她并不知晓，如果叶醉听到了“骆北”这个名字，两个女人肯定会剑拔弩张……

一路上，两个女人都玩得非常开心，她们很快就成为了无话不谈的闺蜜。

苹果和叶醉从旅游地回来后，互留了电话，各自道别。

苹果刚落地，就急不可待地跑到移动营业厅查询，结果被告知这个139的手机的机主是一个澳洲老太太。苹果诧异极了，为什么打电话的是个男人，手机机主却是个老太太，这到底是怎么回事啊？由于这个事情一闪而过，而且对方有些吐字不清，所以并没有引起苹果的高度警觉。

苹果刚回家，骆南就找来了，接着他递给苹果一张银行卡，说这是自己替苹果垫上的房子首付款40万。苹果很感谢对方帮自己渡过难关，挽留骆南吃饭，席间，骆南感觉这趟出游回来，苹果的气色好多了。两人有一搭没一搭地聊着，时间像流沙一样过去。

叶醉回到家之后，仍然很是心烦，这时闺蜜陈文雀约她一起喝茶散心。聊天的期间，她才知道叶醉身上出了这么大的事，陈文雀听说对方男朋友空难死了，认为应该讨说法。

可是叶醉告诉陈文雀，说自己和对方根本没有领证结婚，骆北也从来没有带自己去过对方家。陈文雀替对方可惜：“那你拿不到对方的任何赔偿喽。”叶醉内心伤感，但是表面上不以为然：“人都死了，有爱就行了！”

随后陈文雀问叶醉以后有什么打算？叶醉说不想再待在航空公司了，再待在那里会做噩梦的。陈文雀说，不如你接盘一家韩餐厅吧。叶醉一抬眉毛说好啊，正想换换环境，赶明儿去看看吧。

此时此刻的何梨正待在自己屋里的床上，发呆地望着天花板。出了这件事后，何梨一直很内疚很自责，他在想自己是不是要向苹果坦白。因为，因为毕竟人命关天。可是，可是只要何梨心里一产生这种想法，他就感觉自己再也见不到苹果了，也见不到那双一直缠绕在梦境中的眼睛。因为那双眼睛里藏着万古芬芳的颜色，瞬间就染上了你的心，你的唇，你的身体和你的未来……

第二天，何梨去同一幢大厦的哥们的韩餐厅吃饭，他有这里的季卡，这么久以来一日两餐都在这里解决。早晨胃口好，上辈子是神仙；中午胃口好，上辈子是人；晚上胃口好，上辈子是鬼。何梨今天早上特别饿，一口气吞下了四根油条和四碗豆浆。吃完这些，他想起了上面的这句话，难道自己上辈子真的是神仙？

不可能，怎么可能呢？神仙会有烦恼吗？哪里会有这么痛苦的神仙？

何梨正在思忖的当口，陈文雀带着叶醉来接盘，于是几个人不约而同地遇上了。

原来何梨的哥们冯传奇是陈文雀的前夫，他经营了一家"前妻俱乐部"的韩餐厅，目前生意不好，准备转让。而叶醉一直想开一家餐馆逃离航空地勤的工作，于是歪打正着。

可是当叶醉看到何梨，并且知道冯传奇是何梨的哥们后，直接改了主意，不准备接盘了，因为她对这个男人深恶痛疾。

嗜钱如命的陈文雀一听就急了，她虽然和冯传奇离婚了，但是两人离婚不离生意，于是双方处于了僵持的状态。正在这时苹果走进来了，她今天偶然和同事来这里吃饭，没想到故事中的这几个人又偏偏在这里狭路相逢了。

第二节

何梨的哥们冯传奇现年 40 岁，离过三次婚，有过三个前妻，目前仍是向往围城的人士。这个男人貌似普通，而且在爱情方面屡屡受挫，但是却越挫越勇，其勇气一般人无法效仿，口头禅“人生苦短，必须性感”。冯传奇经营的这家韩国餐厅，名为“前妻俱乐部”，因为冯传奇离过好几次婚，大概他懵懂中还有些怀念前妻，所以取名“前妻俱乐部”。

你别说这家餐厅的生意还真是火爆过一阵，大概目前离婚率持续高涨，所以来这里的人都是有故事的人，一看到这个名字就探身前往，毫不扭捏和犹豫。冯传奇的前任前妻陈文雀也经常来，俩人虽然离婚了，但是还像正常朋友那样耳语寒暄，实不多见。

由于冯传奇早早下海经商，目前除了韩国餐厅外，还有数个餐厅连锁店，所以实力不可小觑。生意做得这么大，但是他花心的时间一点不耽误。

冯传奇结过三次婚，但是没有孩子，以前有个老婆也曾怀过孕，但他花心的毛病一曝光，对方就选择了流产和离婚报复他。总之一把年纪的冯传奇非常想要个孩子，可是偏偏事与愿违。

今天，何梨、苹果、叶醉、陈文雀都现身了，可是冯传奇没见人影，大家都在纳闷期间，他回来了。

只见冯传奇接着手机，满头大汗地从外面跑进来，汗珠子顺着脸颊不停地坠落。今天他公司买了一台新车，刚才慌不迭地去排队摇号，谁料运气不佳，没摇到号，垂头丧气的冯传奇赶忙赶回餐馆谈生意。

“这么热的天，打个车好啦，干嘛跑得累成这样？！”陈文雀看不惯冯传奇那副德行。以前俩人还是夫妻那会儿，一次去请朋友吃饭，也是这么个大热天，酒店离住地不远也不近，陈文雀建议打个车，也就十块钱，冯传奇怕花钱，说走走健康。于是两个人，在40摄氏度的太阳下面走了20分钟。结果到了酒店，热得满头大汗的冯传奇直接要了三瓶冰镇啤酒，一瓶30元，陈文雀说他有病吧，他还愣是不以为然。

冯传奇顾不得说话，一扬脖先把冰镇啤酒灌下了肚。“今天我的车刚巧坏了，新车又没摇上号，真背！”

“是离开了我，真背吧！”陈文雀也是快人快语，嘴不饶人。他们离了婚，还依然说着暧昧的荤笑话，这情景似乎能让许多婚姻不和谐的夫妻羡慕不已。

冯传奇笑而未答。

这时陈文雀接话：“现在想上牌照很容易啊，给我 10 万，我明天就可以给你搞定。”

“拜托，夫妻一场，你就别赚我的钱啦，太黑，对皮肤不好的。”冯传奇心里暗骂陈文雀市侩，赚退役老公的钱也不手软。

何梨没想到世界这么小，绕来绕去也绕不开这两个闹心的女人。“自己莫非上辈子欠她们债了！”

果然叶醉看到苹果后，两个人都很惊喜，一下子相约坐下来叙旧。何梨揪心地看着，生怕哪句话就引爆了雷区。

接下来的故事更加走向了白热化。

何梨听见两个女人的聊天。

“你上次说你男友也遭遇空难了，他叫什么名字来着？”苹果问叶醉。

“罗——”叶醉因为嘴里嚼着东西，所以吐字不清，把“骆”说成了“罗”。

何梨见状一个箭步上前就瞪了叶醉一眼。叶醉看到了何梨，睁大了眼睛，停下了手里的筷子，不知道对方什么意思，于是一脸不高兴。

“他叫骆——”叶醉并不知情，所以继续说着，谁料想何梨硬生生地拿过一个苍蝇拍直接打断。

叶醉气坏了，停了嘴中的话，怒火中烧地看着何梨。

时间一分一秒滑走，观音姐姐、王母娘娘、如来大帝，上帝啊！何梨在一旁听得呼吸急促，手脚冰凉，心惊肉跳。

“你未婚夫叫什么？”聊天改成了叶醉发问。

苹果正准备回答，可是被何梨打断。

这时何梨一不做二不休，赶忙拿着一扎啤酒冲了过来，装作给客人倒酒的样子，故意将啤酒洒在了苹果的衣服上……

“呀，你怎么回事？干嘛总跟我过不去？”苹果紫罗兰色的碎花长裙被啤酒打湿了一片，大腿的部位湿漉漉地贴在皮肤上，很有些透视装的味道，露出点点性感。

“对不起，我不是故意的——”何梨眼疾手快，在端起啤酒杯的当口，他故作镇静的脸上渗出紧张的表情。

“你真讨厌，我总是听到你道歉，你除了这句话，能不能说点别的？”苹果今天对何梨表现出了特别的不满。

何梨知道苹果指的是自己弄丢她U盘事件，他真害怕从苹果嘴里说出“U盘”这两个字，这时那个叶醉便会蜂拥上来，添油加醋地一齐质问他，那自己的所有忙碌、所有担忧、所有心血全部前功尽弃。

此时的何梨有些反常，他慌忙之下想替苹果擦拭，谁料一个闪身却又撞翻了身边送餐的服务生，服务生手中满满一扎生梨汁全部洒在了苹果身上。一瞬间苹果犹如淋了暴雨，浑身湿透，叶醉等人也看得分外诧异。无奈之下，苹果抱怨着离开了这家韩国餐厅，去了外面的更衣室。

看着苹果远去的身影，何梨知道自己今天又闯祸了，但是好在冯传奇和叶醉、陈文雀忙着谈论店面转让的事宜，想必他们没看出什么破绽……

第三节

时光回拨过去半小时，画面在阳光中跳跃，两个女人对于今天的重逢非常开心。

今天叶醉见到苹果的一瞬间很意外，但更多的是高兴，她很热情地上前打招呼；苹果也很意外，能在这儿碰到自己的驴友，于是也分外欣喜。两个女人拥抱、问候，一切如旧。但是，何梨却如坐针毡。

而在不远处的一角，冯传奇早就盯上了叶醉。叶醉今天一来到韩餐厅，冯传奇就看上了她性感的红唇。可是叶醉对这个转让的胖老板不感冒，又看到餐厅顾客稀少，于是直皱眉头，正巧这时何梨又出现了，于是悻悻改主意不接盘了。

这下陈文雀可急坏了，不管怎么说这都是生意，是生意都是有提成的，有提成就可以花钱成性，于是她好言挽留。冯传奇立即给叶醉端茶送水，陈文雀在一旁怂恿叶醉，称女人无论经历怎样的大风大浪，最要靠的还是自己口袋里的钱，那才是最踏实的，她相信死去的骆北也一定希望叶醉能振作起来。这话一下就把叶醉触动了，叶醉有点感伤，立即让冯传奇上了一杯酒。冯传奇心细，给叶醉的芝华士里掺了大量的红茶，所以并不会醉。这个细节，一下子让叶醉对这个其貌不扬的男人有了一丁点好感。

冯传奇是个生意人，所以也有生意人的精明，他看出了叶醉嫌弃这里的生意不好，于是正在想如何扭转。正在这时苹果的同事询问他，老板几折啊？冯传奇说九折，同事要走，冯传奇马上说七折，同事开心地拉着苹果留下，但冯传奇悔得肠子都青了。因为其他的顾客也纷纷要求七折，冯传奇干脆让何梨打印一张七折的海报贴在门口。一瞬间，小店变得门庭若市，冯传奇因祸得福了，何梨无奈充当起了服务员。

再说何梨，今天他只是例行到这里吃饭。谁料想一个不注意，竟然发现苹果和叶醉坐在了一起，她们再次说起了那个空难的话题，还不可避免地谈起了各自的男人。当叶醉问苹果的未婚夫叫什么时，何梨紧张得一个踉跄，直接把苹果点的一盆石锅拌饭摔在了地上。苹果恼怒，但是不知情的叶醉替他解了围，“你吃我的吧，刚端上来，我还没动。”苹果饿了，直接开吃，嘴里连连夸赞好吃。当叶醉咨询苹果说自己想盘下这家店时，并不知道冯传奇是何梨哥们的苹果竟然痛快地表示：“太好了，你要是盘下这家店，我每天午饭都来这里吃！这离我公司好近！”

这句话再次改变了叶醉的主意，她决定盘下这家店。

这是苹果和何梨那天离开之后的事。

那天苹果怒气冲冲离开，何梨赶紧追了上去，美其名曰要给对方赔一条裙子。

于是，何梨拉着苹果买裙子，一家店一家店地试，最终苹果挑中一套裙子，走出了试衣间。“我会把裙子的钱还给你，现在你可以走了！”

何梨推辞着，过程中和苹果有了肢体接触。何梨尴尬地站在那里，并没有离开的意思，俩人就这样在原地对视着。这时突然有一双大手搭在了何梨的肩上，接着用力撇开了何梨那双叠在苹果胳膊上的右手。

何梨发现身后站着一个男人，一个头上打着啫喱，穿着卡夫卡白色衬衣，没有络腮胡子的男人，他身上有一丝香气，好像罗勒叶子的味道，很清新，很爽怡——是骆南。

“警告过你，以后离她远点。”此时的骆南除了一丝贵族气，话语也不免彰显威严。

“又是你？！”何梨对这个总是不合时宜出现的骆北的双胞胎弟弟不怀好感。

“U 盘的事还没算清楚呢，现在又来纠缠苹果，这件裙子算是赔罪了。”骆南对何梨也无好感，但是目前苹果非常需要这件裙子，他只好自找台阶。

苹果顾不得跟两个男人理论，想抢先离开，结果被同在一层大厦经营的宋天鹅撞见了，她看见这一幕火冒三丈，上去质问苹果这个男人是谁？苹果解释说自己不认识对方，可是何梨说自己是苹果的好友。宋天鹅看到苹果身上换上了新裙子，一下子觉得这个男人和苹果的关系不一般，怒火中烧地嚷嚷起来，看客立马层层叠叠地围过来了，结果弄得苹果很下不来台。

这时骆南给苹果解围，“妈，苹果并没有和我哥领结婚证，她是自由人，况且我哥现在已经不在了，她更有权利重新选择。”最终是骆南替苹果解了围，然后拉着对方的手火速离开。

可是这件事，让宋天鹅记住了何梨，她对这个模样周正的小伙子反感透顶。

第四节

时光再次回到“前妻俱乐部”韩餐厅。

何梨和苹果走后，冯传奇和陈文雀展开了剧烈的攻势，冯传奇凭借他三寸不烂之舌，陈文雀凭借她的“女性独立理论”，最终让叶醉回心转意，同意入股，于是冯传奇和叶醉摇身一变成为了“搭档合伙人”。两个人正式合作的那一刻，冯传奇顾不上自己的大肚腩，径直上前拥抱了叶醉，奇怪的是叶醉并未表现出反感，还礼貌地回抱了对方一下，这个动作让冯传奇下定决心泡到这个红唇女人。

这几天麦琪琪过得优哉游哉，上次电影院英雄救美一事让费利彻底记住了她，于是今天费利一身劲爆的装束并且捧着鲜花前来武馆拜师了。费利是个富二代小渣男，渣字不折不扣表现在大方和浪费上，他准备的鲜花足足装了三个拉杆箱，在拉杆箱打开的一瞬间，各种鲜花怒放，可谓让麦琪琪闪瞎了双眼。

费利直接下跪，求拳脚高超的麦琪琪收下自己为徒。

麦琪琪内心欣喜，但不为所动，她知道对方是个不务正业的富二代，故意卖关子，说自己从不收徒，费利为了表示诚心可鉴，就一直长跪不起。最终费利开出高价薪酬，麦琪琪虽然心动，但表面上还装高冷，直到逼费利给她开出天价薪资。

最终两人达成一致，费利拜师学艺，麦琪琪收徒大吉。

此时此刻，费利在跆拳道馆练习得非常卖力，麦琪琪教得也分外投入，费利看着自己一点一点鼓起的肌肉，成就感爆棚，于是要请麦琪琪吃饭。两人结伴出了跆拳道馆，在大厦内转悠起来。麦琪琪眼尖看见韩餐厅打出七折优惠，于是拉着费利走进去。富二代费利还想要派儿，说："我本想带你去吃点好的，你怎么来这儿了？"

麦琪琪大大咧咧："你的钱留着泡妞吧，你请我吃顿饭有个心意就成了。"其实麦琪琪心里有小九九，因为这姑娘向来肥水不流外人田，她知道冯传奇是何梨的哥们，因此时不时会支持对方生意一下。

果然，费利觉得韩餐厅的味道不错，连连夸赞，顺嘴又说爸爸该过生日了，选在这里办个派对如何？这句话让满脑子生意经的冯传奇听见了，一个箭步冲过来直接递上名片，还展示了韩餐厅的各样私房菜。这边加上麦琪琪的添油加醋，最终费利决定把爸爸费一腾的生日宴定在此地。

费利说这些话的时候，叶醉刚巧出去送陈文雀离开，待她再次返回韩餐厅的时候，麦琪琪和费利已经离开，叶醉没见到费利。

但是接了大单的冯传奇高兴坏了，一边握着叶醉的手揩油，一边给叶醉戴高帽，说她是自己的大贵人，今天一出现就有这么大一单子。叶醉看着冯传奇献殷勤，很受用，很沉醉，并没有反感地抽回手臂……

这边厢，骆南害怕妈妈再欺负苹果，两人从大厦出来后，于是骆南主动送对方回家。回去的路上，骆南问对方何梨为什么要纠缠你？苹果说不知道，隐约和 U 盘有关。

苹果曾对骆南说过，一定要找到那个 U 盘，那是你哥哥唯一的遗物。可是何梨频频作怪，让骆南和苹果皆感觉这其中有诈，他们原本想起诉对方，但细想来却又觉得对方藏起一个 U 盘的目的何在？图钱？图利？恶搞？还是真的是不小心弄丢了？于是想想打官司起诉有些小题大做，因此悻悻作罢。

但是苹果却告诉骆南，这个何梨经常有意无意地和自己聊天，在自己去他店里冲洗照片的时候。还有一次，苹果去取照片的时候，冷不丁发现装照片的纸袋里，有一条水蓝色的方丝巾。丝巾很精致，叠得整整齐齐的，粉蓝的颜色柔柔静静地躺在锦盒里，像一堆静谧的云絮。但是这却让苹果的心很慌乱。平心而论，她知道这绝不是何梨的失误，而是对方故意而为之。这个男人想干什么？他是在暗示什么吗？事后，苹果选择不动声色地返还了主人，她把丝巾夹在一叠海报纸里还给了对方。何梨什么也没说，从那以后，他再也没有“失误”过。

这个花絮却让骆南很窝火，原来这个男人觊觎已久！一直在骚扰苹果啊！骆南一眼看出来何梨喜欢苹果，这小子，够阴的！

哥哥出事后，骆南一直陪着苹果处理哥哥骆北的丧葬赔偿事宜，填无数的表格，重复无数的询问，也是刚有一个段落。可是由于苹果和骆北没有结婚登记，所以宋天鹅拿走了全部的赔偿金，这件事情让骆南对妈妈耿耿于怀，于是暗地里决心帮助苹果。

苹果很感激骆南帮自己解了房子之围，她也能感觉到骆南关心自己背后的东西，可是苹果不想把对方扯进来，因为太乱了……

两人转了话题，身为设计师的骆南这次给苹果家换上了一个金鱼马桶盖。马桶盖是透明的，中间的夹层里面有许多红色的小鱼，封闭的液体里似乎还有许多玫瑰花瓣，游游曳曳地带给主人宁静中的温馨。而苹果家的卫生间马赛克选用的是湖蓝色的小荔砖，墙壁上有许多自由自在游泳的鱼，苹果感觉自己好像进了海底世界，看着那些鱼，很奇怪，她的心情会马上好转起来。

“这是什么鱼啊，为什么能生长在这里面？”苹果好奇。

“这叫装饰卫浴的封闭马桶盖，这种盖子是专门给懒人设计的，里面的夏威夷红鱼是一种超强生命力的热带鱼，可以在这种特制的营养液中生存一年时间。”骆南的解释很专业。

“是吗？我第一次听说，真好看。”苹果的嘴角有了一丝笑容，这笑容极不易觉察，但是被骆南捕捉到了，他欣喜苹果的变化，觉得这是这个女人最好看最动人的表情。

“苹果，你以后，有什么打算？”那个晚上，骆南的这句话让苹果有些慌乱，但是苹果没有回答。他是想说什么吗，还是在暗示什么？对于今后的打算，苹果根本没想过，所以也不知该怎么回答。

夜色降临了，骆南感觉到了苹果的不冷不热，他提前告辞了，回去的路上，骆南的内心划过一丝甜蜜，因为他第一次在晚上的时间和苹果单独相处这么久。

但是一想到苹果身边的那个男人，骆南的心情就不好了。再想到何梨最近一系列的举动，于是他当仁不让把这个男人列入了黑名单。骆南总觉得何梨这个男人满腹心机，不怀好意。的确，此后的俩个男人针尖对麦芒地干了起来，干得有声有色，可谓是轰轰烈烈。

第五节

苹果今晚心烦意乱。

平心而论，苹果不恨何梨，她恨不起来。这源于半年前的一次电梯事故。那次苹果来劳伦斯大厦取电影海报，结果直步电梯刚好出了故障，先是在高处突然停止，接着又开始了向后向下地倒运行。许多乘客的身体突然失去平衡，接着开始东倒西歪地往下坠落，此时的苹果也一阵心悸，身体迅速失衡向后倒。

这时突然有一双大手抓住了她，将她牢牢卡在电梯护栏上，好在苹果的位置靠下，上面叠加的人不是太多。此刻苹果只感觉脚脖子一阵剧痛，待缓过神来才发现，原来何梨为了保护自己，整个身体压在了自己身上，但是他的身上，密密麻麻压了五六个人。

那次商场的电梯事故，总共十来个人受伤，何梨就算其中一个，他的左脚踝骨折，直到两个月后才好。

那次的事让苹果内心非常感激对方，但是又不好很热情地表达，于是为了表示谢意，苹果说服领导一直把冲印电影海报的业务放在何梨的店里，此外她自己的私人冲洗照片业务也附加在其中。这个收获，让何梨喜不自禁。

其实早前，何梨就开始关注苹果了，这个女人步履轻盈，声音温婉，举手投足都别有一番情韵，每次何梨都会在那种冥冥的注视中走神了……那个时候苹果正在和骆北谈恋爱，可是骆北工作忙，经常出外拍戏，所以很少捕捉到两人的合影。何梨一直觉得对方没男友，可是自己又缺乏勇敢追求的勇气，结果一念之差酿成大错，突然有一天他得知苹果订婚了，那个照片上搂着她腰肢的男人就是她的未婚夫骆北。

一种无法言说的重重的失落砸在了何梨的心头，令他很长一段时间不敢正视苹果的眼睛，那双令他魂牵梦绕的眼睛。这之后的何梨就变成了静悄悄地暗恋，就变成一个羞答答静守玫瑰园的失意人，直到空难事件突兀出现……

一阵手机铃声打断了苹果的回忆。

“喂。”苹果接起，里面传来了一个外国老太太的声音，对方先是用中文叫出了苹果的名字，接着又说是骆北的一个朋友。随后又纠正说其实不是朋友，只是一个路人。接着，电话就断了。

可是当苹果再回拨过去的时候，对方的电话怎么也打不通了，这个以 139 开头的手机里传来不在服务区的千篇一律的声音。

那个夜晚，苹果莫名其妙被一阵心烦和一阵恐惧包围着。

而此时的叶醉已经辞职了，因为她无法再在那里工作，每出一张机票时，她都会有一种负罪感，她觉得是自己葬送了骆北的性命。叶醉和骆北交往这段时间以来，她只知道骆北的家在西安，自己在北京打拼，年迈的父母都退休在老家，其他什么也不知道。骆北这个油滑的男人竟然把自己的情况编得天衣无缝，他说自己未婚，工作太忙，没有女友，他凭空许诺结婚的游戏，凭空把玩两人的情感，他隐瞒了自己的爱情，隐瞒了自己的未婚妻，隐瞒了自己的家庭状况。

如果叶醉知道骆北的父母家就近在咫尺，她一定会冲上前讨要赔偿金的。好在叶醉还有些自知之明，内心的负罪感让她不敢抛头露面，让她不敢前往出事地点会见骆北的家人，让她不敢在众人面前承认自己是骆北的女友，这样就避免了一些故事，一些可以穿帮的故事，一些可以引起纠纷的故事。

就这样，在陈文雀的牵线下，叶醉成了这家名为“前妻俱乐部”韩国餐厅的第一老板，冯传奇是第二老板，何梨也稀里糊涂地被扯了进来，因为他不能看着这个疯女人叶醉和苹果引爆炸弹啊，他必须每天雷打不动地来这里吃饭。

第六节

这一晚，叶醉过得优哉游哉。

叶醉决定入股韩餐厅后，给了冯传奇一张银行卡，说里面是自己的股份钱，冯传奇开心地接过银行卡的时候还不忘摸着叶醉的手，叶醉没有反抗，还娇嗔地说以后她也算是这家店的老板了，冯传奇立即补了一句“是老板娘”，可谓占尽了叶醉的便宜。

但冯传奇也是聪明人，便宜要占，该给的还是要舍得，冯传奇有一款限量版豪车，虽时间略久，但经过改装后也非常有格调。他觉得很配叶醉，便把这辆老爷车送给了叶醉，叶醉十分受用。当晚，冯传奇就开着他的老爷车送叶醉回家，一路游车河，实为浪漫，末了还记下了叶醉的门牌号。

第二天一大早，叶醉刚起床就听见了门铃声，开门一看是冯传奇捧着鲜艳的玫瑰和早餐，嘴里却说着是看望自己的“合伙人”。骆北死后，叶醉已经很久没有享受过男人的贴心了，叶醉和冯传奇在家里共用了早餐，冯传奇说今后叶醉主外，自己主内，说完非常主人地去厨房刷碗。叶醉看着冯传奇的背影，有那么一刻产生幻觉，她朝着冯传奇的背影笑了笑，而冯传奇一下子握住她的手说，“吃饱喝足了，该干活了！”

叶醉内心一紧。

其实冯传奇嘴里的“活”就是费利爸爸的生日派对，冯传奇负责烧菜做蛋糕等一切厨房内部事务，叶醉则负责外部采购，于是叶醉开着那辆老爷车出门了。

冯传奇是学食品化学专业的，虽说花心成性，过手的女人也很多，书也念得不怎么样，但是坚持用最干净最放心的原材料是他一直以来的开店原则，这不一桶最正宗的柚子粉和一把最新鲜的罗勒叶子，他让叶醉驱车穿越了大半个城市。

今天叶醉这辆老爷车不太给力，路上一直频出状况，好在总算把采购工作做完了。老爷车是辆二手车，产地德国，样子非常酷，简直和《为黛西小姐开车》里的摩根弗里曼开的一模一样。这辆车是冯传奇前任女友送他的礼物，冯传奇很喜欢这辆车，虽然早和前任分手了，但是车不易主！呵呵，这个离异男偶尔也有厚脸皮的一面。

叶醉正在计算这桩买卖能赚多少钱时，一个闪失就撞上了旁边的护栏。改装老爷车前盖被撞得变形，保险杠报废，肯定是开不回去了。叶醉赶紧打电话找冯传奇，可是冯传奇忙得不接电话，无奈叶醉只得找修理店。就在她分外绝望之际，不远处有一家类似博物馆一样的修车行进入了叶醉的眼帘。

叶醉把车开了过去，进了店门，她就感觉到了一股汽车发烧友的味道，一个小工迎了出来。叶醉说明了情况，修车小工查看了一番后，递过来一个报价单。

“20万！！！你们青天白日的抢钱呢！！”……叶醉怒火中烧!

叶醉怎么都没想到维修费居然要20万，自己当然是不能给，这时从里面走出来一个模样干净的小帅哥，年纪不大，一字一句地说：“我们没有漫天要价，这是报价单，而且本店的产品零件都是从国外进口的，你这辆车是德国原装，等配件就要三个月，还不包括海陆运输，要知道路虎一个原装轮胎都要10万呢。”

叶醉气得直接把这个小帅哥递过来的报价单给撕了，掷了对方一脸。这时叶醉抬眼才看到店里一水的豪车，噌亮的法拉利、玛莎拉蒂、兰博基尼……这才知道这家店是专修进口限量版豪车的，怪不得把自己当成案板上的肉给宰了！叶醉可不是省油的灯，她不能就这样白白被坑一笔，于是嚷嚷着要找老板理论。

“我就是老板。”小帅哥自报家门，叶醉并不知道这个帅哥就是费利。

末了，叶醉气呼呼地扔下车回去了。

叶醉气呼呼回到了韩餐厅，手里的原材料扔在那家宰客修车店了。冯传奇问这是怎么回事，叶醉说自己碰上了一个王八蛋。冯传奇不仅没怪罪，反而安慰她不要生气，“相信我的妙手，用普通食材也能做出了精品食材的口感。”

而此时的何梨刚巧来这里吃午饭，谁料叶醉已成为这家店的大老板了，速度之快，让何梨也瞠目结舌。

“你究竟想干什么？”何梨不知道接下来会发生什么故事，但是他知道这以后一定会有故事，于是试探地问。

“不干什么，我想换份工作，不然会做噩梦的。”叶醉如实回答。

冯传奇看到何梨跟叶醉聊天，非常不开心，一下子把对方抓过去当壮丁。

第七节

此时的何梨正在帮哥们布置店面，冯传奇不会放过任何一个招揽生意的机会，他让何梨打印了很多韩国小鲜肉的海报，有宋仲基，有RAIN，有朴海镇，有苏志燮，店里一下子荷尔蒙爆棚，引来不少过路妹子的口水……

今天，苹果要参加一个派对。苹果这个人一般不喜欢热闹，但是今晚这个派对一定要去。当苹果听说今天参加派对的餐馆是这家“前妻俱乐部”韩餐厅时，于是情不自禁有了些许好感，她忽然想起了叶醉爽朗的笑声，想起了两人一起同游的默契，当然还有两人同病相怜的经历。

当苹果走进，并且得知叶醉已经接盘这家店后，内心升起一丝欣喜，“我以后天天来捧你的场。”

这句话让叶醉心花怒放。“这个女人的未婚夫也在空难中丧生了呀……”此时两个女人有着无法言说的熟稔。

当天晚上的韩餐厅可谓蓬荜生辉，这晚的生日宴极有排场，包下整个餐厅的宴会主人请了很多嘉宾，好像个个是贵客，餐厅里的冯传奇和大厨们都快要忙不过来，盘子刀叉砰砰作响，仿佛美食交响曲。今晚的寿星费一腾出现了，不仅自己神采奕奕，而且他身边还带着一个年轻漂亮的女人，气质优雅，红唇娇艳。

骆南因为家具店就在韩餐厅的楼下，所以他意外看到了苹果出现，于是就走上来了。这时冯传奇为了巴结叶醉，得知苹果是叶醉的好友，而骆南是苹果的好友，于是连骆南也给邀请进去了。

何梨看到骆南后很不开心，问，“你怎么来了？”骆南也不客气，问，“你怎么来了？”何梨不回答，但是当他看到苹果后很诧异，问她怎么来了？苹果还没来得急回答，骆南抢先回答：“今晚的寿星是苹果的姐夫！”

苹果问何梨怎么在这里？何梨这才说这是自己哥们的店，苹果恍然大悟。

正在这时，17层的蛋糕推出来，全场人都在欢呼，这时候寿星老费一腾搂着这个娇艳女人一起吹蜡烛，突然宴会的香槟塔被人推倒，一声巨响碎了一地，接着那个闯进来的小帅哥又抡起拳头砸了蛋糕，好好的一个17层蛋糕被对方生生扯下了蛋糕的托盘，蛋糕上梦幻的鲜花造型的鲜花塔瞬间倒塌！

众人全部哗然。

宴会顿时乱作一团，嘉宾们纷纷作鸟兽散，那些大厨们做出了的一道道像艺术品一样的菜肴，全部被“闯入者”一盘盘摔在地上，餐厅内一片狼藉，瞬间鬼哭狼嚎！

“闯入者”似乎还不解气，他抓起一把蛋糕直接摔在了娇艳女人的脸上，这个娇艳女人当场脸上就挂不住了，哭哭啼啼向费一腾求救。这时大家才看清楚，这个砸场子的男子就是费利！

叶醉之前一直在后厨帮着冯传奇做菜和忙活，根本没去大厅，这下听见外面乱作一团，她才一个箭步冲出去。正要质问对方之际，叶醉傻了！一看这个人竟然是敲诈自己的修车店小老板。叶醉抬手就准备给对方一个耳光，“翻天了，敢跑到姐姐这里砸场子！”

可是叶醉的手还没落在费利脸上，就被苹果攥住了手臂。

第八节

苹果挡在费利前面，义正言辞地对叶醉说，“这个场子是他包下来的，他愿意砸就砸，损坏的物品我们照价赔偿。”说完，她把费利拉到了自己身后。

叶醉一听就火了，“你和他什么关系啊？这事你也来凑热闹！”苹果只笑不答，弄得叶醉丈二和尚摸不着头脑。

叶醉一听苹果的用词，她说的是“我们”，很是诧异，难道他们是情侣？叶醉原本对苹果是有好感的，没想到苹果在自己未婚夫死后这么快就找到了新欢，于是她冷冷地讽刺苹果说：“怎么？舍不得我打你的新欢？你也不是什么忠贞烈女嘛，这么快就勾搭上了小鲜肉！”

苹果反驳：“你乱说什么呀，费利是我外甥！刚从国外回来！”这句话让众人释然也让众人哗然。

这时何梨和骆南全部上前把叶醉和费利拉开，突然叶醉看到了一个长得和骆北一模一样的男人，这个男人身材挺拔，干净优雅，虽然没有骆北的络腮胡子，但是他的眉眼和骆北如出一辙。叶醉彻底傻了，她脸色发白，浑身颤抖起来，接着她一个箭步冲到了骆南的面前，脱口而出“骆——”

眼尖的何梨一看这阵势马上明白要出乱子，直接冲上去捂住了叶醉的嘴巴，随后何梨找了个借口连拉带拽硬是把叶醉给拖出了韩餐厅。

苹果和骆南都有些诧异，但是费利这边竟然和老爸以及那个叫露露的娇艳女人打起来了，所有人都去劝架去了，连冯传奇也没发现叶醉被何梨拉出去了。韩餐厅顿时变得热闹不堪，菜品蛋糕全部被打碎，满地狼藉，尖叫声、鼓掌声此起彼伏……

韩餐厅外，叶醉和何梨正在进行着一场生死对峙。叶醉质问："那个男人是谁？！"何梨顾左右而言他："不知道！"可是叶醉认定那人是骆北，骆北没死！但是何梨拼死阻拦。结果叶醉掌掴何梨两耳光，最终何梨承认："那是骆北的双胞胎弟弟骆南。"

叶醉听完一言不发，她瞬间明白了许多，她透过玻璃看着里面的骆南和苹果，眼泪狂泻！叶醉扯着何梨的衣领咆哮："苹果的未婚夫就是骆北，是不是？"何梨知道他瞒不住叶醉了，但何梨也不允许叶醉冲到苹果面前把真相撕破："人都死了，知道这一切还有意义吗？"可是不论何梨怎么劝叶醉，叶醉都一步一步走向韩餐厅，准备向苹果叫嚣！何梨简直要疯了，当叶醉走到门口的时候，何梨一个箭步冲上去扛起叶醉就跑。

而韩餐厅里面的人对外面的一切都不知道，费利与费一腾父子的矛盾在这一刻完全白日化。

费利毫不避讳，怒不可遏地把自己老爸那点破事抖搂的众人皆知。费利指着费一腾的鼻子骂："这个生日宴会是我给你准备的，你不想来可以不来，用不着带着这个狐狸精来恶心我！"

原来，费利的爸爸是个事业有成的成功男，早已移民美国，有钱有势后就开始花心，这个叫露露的女人很年轻，妖精劲儿十足，媚人术一套一套的，驭人术也是五个A，于是顺理成章转正，费利的妈妈被迫离婚。费利对于妈妈的遭遇非常恼火，目前妈妈因积怨太深已经卧病在床，费利一直想给妈妈讨说法。费一腾的本意是培养儿子接班，可是费利事事和他对着干，不仅不进公司，而且非要开一个什么破修车行，费一腾觉得自己真是颜面扫地。费利和老爸谈判："如果让我把修车行关了进公司也可以，那你就离婚和我妈复婚！"

费利打死也不愿意去公司上班和那个女人面对面处事，他宁愿开自己的限量版修车行，一个人乐得清静。父子僵持好几年了，一直没找到什么协调的好办法，所以就这么一直僵着。最近公司要运作上市，露露又要到了公司的股份，费利知道再这样下去肯定离不了婚，于是一气之下砸了生日宴。

麦琪琪听傻了，原来富二代费利的日子也不顺心啊！自己还以为他成天为所欲为呢，麦琪琪内心突然升起一丝怜悯，不想再刁难费利了……

这个晚上热闹极了，来宾在夜色中渐渐散去……

费利和老爸吵翻了，今晚没法回去睡了，苹果便让费利去自己家住一晚，于是骆南开车送苹果和费利回去。路上骆南问苹果关于叶醉这个奇怪的女人今晚怎么消失了，后来整个派对都没看见过她？

苹果本来就心烦意乱，不想回答，连说不知道。但是苹果今晚可是看到叶醉和何梨在外面拉拉扯扯的，她郁闷自己认识的人怎么都和何梨扯上了关系，“两个人似乎在争吵什么，他们究竟在吵什么呢？”

苹果纳闷，不得而知！

第三章

澳洲老太太的神秘电话

叶醉看着面前的苹果，对方像一条温暖素雅的锦缎，让你无法产生对她的憎恨与讨厌。她不丑，反而很美；她不市侩，反而很脱俗；她不傲慢，反而很亲近；她没有叶醉想象中所设计出的一切缺点，相反，她礼貌，有修养，还有着良好的性情，这一切都让叶醉在那一瞬间自惭形秽。

第一节

何梨气喘吁吁终于把叶醉放下来了，此刻的叶醉缓过神来，脸上全是崩溃的泪水。

叶醉是聪明人，此刻她情绪激动，因为在她和骆北、苹果的三人关系中，苹果是骆北的未婚妻，而自己是骆北的情人，只有自己有着不耻和尴尬的身份。此刻她也明白了为什么何梨会经常出现在两人身旁，经常人为的捣乱，他是害怕骆北出轨的丑闻曝光！

“你喜欢苹果对吗？”叶醉质问何梨，何梨用沉默作答。

“我是第三者吗？”叶醉流泪，何梨很坚定地说，“你不是。”这句话让叶醉既欣慰又委屈，叶醉继续反问：“那苹果是吗？”何梨回答“苹果也不是，错的人是骆北，他脚踏两只船，他骗了你们两个，所以他该死！”

“我不准你说他该死，该死的人是你，那张机票是你的！”叶醉说着说着就哭了起来。

何梨很崩溃，这件事情上他有嘴难辩。

突然叶醉想起了一件事，抬头质问何梨，“那天你和骆北打架估计就是因为这件事吧？”何梨点头，承认自己看到那些“私情曝光”的照片后气愤难当，狠狠教训了骆北一顿。

结果叶醉马上联想到何梨是因为抢不到苹果，故意让票给骆北，故意害死了情敌。何梨听完肺都要气炸了，连说叶醉冤枉他，诋毁他！可是叶醉死死揪住何梨暗恋苹果这点不放，内心扬言要除掉骆北这个情敌！结果果真办到了！

叶醉的嚷嚷声太大了，何梨无奈只得上前捂住对方的嘴，叶醉反抗，何梨抱住了对方的肩，两人有了肢体交缠。谁料这一幕被打烊下班的冯传奇看到，一个箭步冲过来甩掉了何梨的胳膊，“你小子想干什么？鸠占鹊巢啊！真是知人知面不知心！”何梨遭到了哥们的误解，真是有口难辩，他觉得今晚乱极了，于是先行撤退。

谁料烦恼的事情还在后面，何梨半路上被人给截住了。

今晚回家后的骆南突然收到了一条匿名短信，上面写那个外国城堡造型的 U 盘并没有丢，是被何梨藏起来了。骆南看看这个 186 的手机号，根本不认识啊！但是他直觉相信对方的话，于是一腔怒火地再次出现在何梨的面前。

“我哥那个 U 盘是不是你藏起来了？”面对骆南厉声的质问，何梨坚决否认。结果骆南一拳就砸在了何梨的鼻梁上，何梨也不客气，当即还手，两个男人打了起来。这时何梨才知道对方收到了一条匿名短信，这条短信揭发自己的“偷盗”行为。何梨知道这肯定是叶醉干的，不免寒意上身。

这边厢，冯传奇感觉叶醉状态不太好，问什么她也不说，于是开车送她回家。结果进了叶醉家，叶醉就扑进冯传奇怀里嚎啕大哭，冯传奇此刻非常受用，他不想知道叶醉身上发生了什么事，他只想此刻充当叶醉的发泄筒。

时间在喧嚣中慢慢静止。

叶醉提议喝酒，冯传奇接招，两人一杯接一杯喝到了后半夜。叶醉已经醉的不成人样，冯传奇“酒”经沙场，还没到火候，于是他觉得机会来了。

随后冯传奇把叶醉放在了床上，准备给她脱衣就寝，趁机揩油。谁料刚有点坏念头的他突然发现叶醉发烧了，高烧40度，而且心跳过缓，叶醉出现了难受痛苦的表情，生命危在旦夕。

冯传奇片刻不敢耽误打了120，把叶醉送到医院，叶醉随即留院观察，病因心动过缓。而冯传奇也因为贪饮红酒出现了病灶，也住院了，病因心动过速。两人病床挨着，一个115，一个116。

第二节

话说费利这晚住在苹果家。

费利今晚也是非常不开心，于是提议红酒买醉。苹果因为骆北死后一直没有发泄口，于是接招，两人一瓶一瓶干杯，大有不醉不休之意。费利带着哭腔跟苹果诉苦，积压在心里对费一腾的恨与爱一股脑儿说出来，苹果陪着费利买醉，同时想到自己的可怜身世。

苹果本就是单亲家庭，自小跟着母亲，后来母亲改嫁后去了外地城市，苹果基本上就靠自己的能力生活了。费一腾是苹果的远房姐夫，但是在苹果困难时帮过苹果，所以苹果才会对费利这么上心。

苹果妈市侩，一直不喜欢骆北，她希望苹果将来能嫁个衣食无忧的主做少奶奶，所以不同意苹果与骆北相处。那时她已经被骆北的甜言蜜语陷进去了，索性和妈妈减少了来往，谁料想骆北死得这么冤枉，如今苹果更加没有脸去找妈妈诉苦。

苹果越想越凄凉，与费利两人一杯接一杯，在家买醉。

这一晚何梨被骆南凑了一顿之后，心里越想越不踏实，叶醉已经开始行动了，以叶醉的性格，她分分钟都会找苹果拼命，那这样下去后果不堪设想。于是何梨半道折身返回，反方向去了苹果的房子。

结果那晚何梨拼命敲门，里面亮着灯却没人开门。良久后，门开了。开门的是费利，何梨一头雾水。

费利拿着一瓶红酒站在门前问何梨有什么事？

“上次是骆南，这次是费利，苹果家是不是成龙门客栈了？！”何梨简直疯了，一把推开了费利，径直冲了进去，满屋子的酒味，满地的酒瓶，可是他怎么也找不到苹果，最后终于在浴缸里，找到了浑身湿透的穿着睡衣的半醉的苹果。

这到底是怎么回事？这个混蛋到底是不是苹果的外甥？为什么这个外甥要给苹果灌酒？难不成是苹果刚出虎穴又入狼窝？这个费利根本就是个王八蛋！

何梨怒火中烧，冲进客厅找费利理论！谁料费利振振有词，“我的确是苹果如假包换的外甥！”

何梨管不了那么多了，赶紧冲进浴室把苹果抱了起来，由于睡衣全部湿透，苹果的曲线全部显露，何梨的脸涨得通红，何梨抱着苹果进了卧室，用毛巾给她擦身子，这时苹果玲珑的曲线全部暴露无疑，看的何梨心旌摇曳。

这么久以来，何梨一直生活在压抑和单恋的空间里，今晚的这幅画面让他突然想不顾一切的表白。此刻的何梨，一股脑儿把内心酝酿已久的话全部说了出来。何梨说他在数码培训班的时候就喜欢上了苹果，但是那时后悔没示爱，谁料想对方这么快就要结婚了……可是命运挺公平，那个渣男不嫁也罢，因为有更好的男人等着她呢……

何梨一边说，一边帮苹果擦拭，结果苹果有些想苏醒。这时何梨想把苹果湿漉漉的睡衣脱了，但又实在难为情。犹豫之间费利冲了进来，一拳打在了何梨的脸上。

“你小子想占我小姨的便宜！没门！”费利开始教训何梨这个不速之客，弄得何梨把今晚来的任务都忘了。

两个男人打了起来，打的难舍难分。何梨说自己是苹果的朋友，费利说我从没有见过你。何梨说自己和苹果合作很多年了，费利说谁要信你这个色狼的鬼话。

结果费利一个脚踹，把何梨打倒在地，正好压在了湿身的苹果的身上。

这时苹果醒了，一看这阵势，怒火中烧，一个响亮的耳光落在了何梨的脸上！

第三节

这个晚上，叶醉注定不会太平。留院观察期间，叶醉因为经常减肥，落下了心动过缓的毛病。冯传奇因为离了3次婚，暴食暴饮，心烦心伤，落下了心动过速的毛病。这两人真是绝配！

叶醉有心跳过缓的毛病，还有低血糖，这是经常减肥留下的后遗症，平时吃个饭要带着卡路里称，一看热量高坚决不吃。哎，美女们也不容易啊，好东西不敢吃，坏东西不能吃，不好不坏的东西只能少吃，平时吃点蔬菜粗粮就跟过节似的，弄得个个营养不良。

冯传奇是个有口福的男人，自己会做会烧也会变着花样采买，于是肥水不流外人田，胃口极好的他一下子成了“吃饱蹲”，暴食暴饮还伤了心脏。

话说两人，一快一慢，倒也百搭。

病床上的叶醉想起自己的身份心里很凄凉，她无法向冯传奇述说，只能把泪水往肚子里咽了，末了，她想起了自己上次和苹果度假的片段。

骆北死后，叶醉去旅游，邻座同行的女人居然是苹果，那时的叶醉与苹果并不相识，无聊的旅途让她们互相认识，苹果的友善与细心让叶醉感到非常舒适，她们一起玩了过山车，玩了蹦极，还玩了潜水。也就是在海里，苹果突然脚抽筋了，她拼命呼喊，但浪实在太大了，一浪一浪打来淹没了苹果的叫声，就在苹果非常绝望的时候，一只手攥住了苹果，是叶醉！叶醉拼尽全力拽着苹果往前，并呼喊救命，这才引来了其他游客，苹果获救。自那以后，苹果心里很感激叶醉，一直还想找机会报答叶醉！可是今天叶醉才知道，自己居然是如此尴尬的身份，而苹果却是那么的光明正大，叶醉真要好好问问骆北，是不是他的在天之灵一定要这么安排？！

叶醉剧烈地咳嗽起来，整个人突然变得很愤怒，为什么苹果是光明的，自己是丑陋的？为什么苹果是接受祝福的，自己是被人诅咒的？叶醉发誓要报复苹果，而且要用一种看似甜蜜的“闺蜜”的方式，她要一点一点割苹果的肉……

叶醉的脸上闪现出一丝诡异的笑，她突然娇滴滴地征求冯传奇的意见，说要让一位闺蜜来入股韩餐厅，问对方是否同意？由于韩餐厅一直生意不好，冯传奇巴不得有人接盘，于是为了讨好叶醉，他赶紧点头。

夜安静极了，能听得到两人的呼吸声，于是这一男一女开启了各自的聊天模式。

“能讲讲你为什么娶的老婆一个比一个丑吗？”叶醉不惧生，也从不回避男人射到她身上的目光，她落落大方地全盘接收，并且还会时不时调侃对方。

“漂亮的看多了，现在我专找丑的挑。”冯传奇也自我调侃。

“能讲讲你为什么结过这么多次婚吗？”叶醉好奇，步步紧逼。

“因为不想被婚姻所累，总想轻装前行，所以一直在这个跳跃的状态。”冯传奇的回答避重就轻，似乎还有点炫耀，像他那种不着调的性格。

“那你为什么喜欢这么折腾？”

“人生苦短，必须性感。”冯传奇对自己的回答一点不汗颜。

“离婚又结婚的感觉如何？”叶醉似乎找到了缓解病痛的方式。

“一个字——累。”冯传奇叹了口气。

“怎么会累呢，我看你活得挺潇洒。”叶醉调侃他。

“我看你也不是林黛玉啊，男朋友没了，可没看见你唉声叹气的。”冯传奇反击。

“那让我怎样，难道痛哭七天七夜吗？”叶醉有些生气了。

“男人都很贱，不值得你为他哭。没准你爱上的男人也是个不归路，死了更干净。”冯传奇不生气，反而一语中的。

“你说什么？！”叶醉又气又恼，但内心却也很佩服这个叫冯传奇的男人。

“没准你爱上的男人也是个有妇之夫，死了更干净。”冯传奇并不知情，有时候莫名其妙的话更有冲击力。

“你跟何梨一样讨厌。”叶醉又想起了何梨，那个挨千刀的男人。

“是吗？”冯传奇大笑，不以为然。

“我看文雀姐似乎对你还有意，不然为什么这么上心你的生意？”叶醉调侃。

“我俩当不了夫妻，彼此都是对方的克星，倒是当合作伙伴做生意是天生的一对。”冯传奇自鸣得意。

“那生个孩子呗，你干嘛不要孩子？准备丁克一辈子？”叶醉步步紧逼。

“别提孩子，别跟我提孩子，一提孩子我脑壳疼。”冯传奇的脸上突然做出挫败的表情，让叶醉忍俊不禁。

“你莫非是——”叶醉大笑了起来，笑得冯传奇沉默了，再不发一语。

叶醉也不再说话，她觉得大概触到了冯传奇的软肋，人嘛，总有些触不得的伤疤，揭不得的秘密。此时此刻，俩人都躺在各自的病床上安静了下来……

吊瓶里的液体，一滴滴滴下，在喧闹的病房内似乎无足轻重，亦好像某个女人痴情的，泛滥的、悲情的眼泪。

“哎呀，你的吊瓶滴完了呀！”冯传奇一声大吼，把已经快睡着的叶醉给惊醒了，这时她看见自己手背上针孔已经回血了，自己也吓得叫出了声。

“快拔掉，快拔掉！”冯传奇眼疾手快，一把按住叶醉的手背，一把用力抽回了针管。

这一刻，叶醉才发现这个男人似乎并不那么讨厌……

这边厢，苹果的日子并不好过，这个晚上宋天鹅突然出现在了她的家，而且还看到了她湿身与何梨纠缠的画面。

原来嗜钱如命的宋天鹅一直怀疑苹果还给自己的房贷首付是儿子骆南垫的。刚才儿子骆南回家，在一再逼问得到证实后，宋天鹅不顾月黑风高再次砸开了苹果家的门。

结果一场好戏“养眼”，苹果和何梨有口难辩。这是继上次撞见商场买裙子事件后，两人的再次深度接触，宋天鹅怒火中烧，连骂苹果不要脸。于是她一个电话叫来了何梨妈和麦大可。

何梨妈上次就因为“打伤赔偿”的事对宋天鹅耿耿于怀，这次何梨撞在枪口上，更是让何梨妈气急败坏。

父母都来了，何梨和苹果再辩解也显得苍白，此时的苹果对何梨可谓恼羞成怒。

这时骆南的电话打进来了，他想告诉苹果有关“U盘未丢”的事，因为他觉得何梨这个人太猥琐，可是这么敏感的时刻，苹果根本不想和骆南通话。

三秒钟后，叶醉的电话打进来了，苹果接起，对方说自己住院了，希望苹果能来探望一下。

苹果应允，可是何梨大惊失色！

第四节

苹果为了脱身，执意这么晚了要去医院探望叶醉。何梨知道叶醉没安好心，于是阻止，可是苹果不理会，无奈何梨一路追随。

去医院的路上，苹果告诉何梨，刚才他表白的话自己都听到了，谢谢对方的喜欢，可是自己现在不想谈感情，因为最近发生了很多事。何梨有一刻真想说出真相，“那是个王八蛋，你没嫁他就对了！”但是话到嘴边嘟囔了一句，又咽了回去。

医院内，叶醉装出一副可怜相向苹果诉苦，说自己男友生前欠了一屁股债，如今这个韩餐厅也是一路飘摇，自己想借她一部分钱渡过眼前难关。

苹果很善良，加之之前叶醉在出游时救过自己，于是对叶醉的话信以为真，问对方要借多少？

何梨一听就慌忙阻拦，他内心知道叶醉是在捣乱。可是苹果此时对何梨下了逐客令，但是何梨知道这件事情的利害，无奈厚脸皮，就是不离开！虽然他拼死抵抗，但是大势已去。

叶醉的嘴角出现了一丝不易觉察的笑，她知道苹果入套了，内心狂喜不已。可是狂喜之后，叶醉的心里滋生出一丝复杂的情绪。

叶醉看着面前的苹果，对方像一条温暖素雅的锦缎，让你无法产生对她的憎恨与讨厌。她不丑，反而很美；她不市侩，反而很脱俗；她不傲慢，反而很亲近；她没有叶醉想象中所设计出的一切缺点，相反，她礼貌，有修养，还有着良好的性情，这一切都让叶醉在那一瞬间自惭形秽。

这时夜空里下起了小雨，淅淅沥沥的，像一颗受伤的恋人的心。苹果看到叶醉有些咳嗽，害怕她夜里再着凉，特意解下自己的丝巾递过去。叶醉推脱，可是怎么也推脱不掉，只能接住。这是一条粉蓝色的真丝丝巾，四个角有很好看的菱形色块，还有写意的阿基米德斜纹，这应该不是骆北买给她的吧？这应该是她真心送给我防寒的吧？叶醉胡思乱想地猜测着，心中却按捺不住反问，为什么骆北可以娶到这么好的老婆？

内疚的念头只有短短一瞬间，片刻后，叶醉再次恢复了她的报复想法。

那晚待到苹果和何梨离开后，她竟然破天荒地和冯传奇聊天聊到了天亮。她问对方为什么给餐厅起名“前妻俱乐部”？

冯传奇也乐得与美女调侃，说自己离了3次婚，其实每次都是给前妻打工，是一位名副其实的“爱情打工仔”。

叶醉哈哈大笑！夜色中，她的笑声尤为响亮。冯传奇被她的笑声俘虏，下定决心要追到这个性感的女人。

那个晚上，何梨回家后被父母训斥，要他和苹果断绝往来，可是何梨不表态，这可惹恼了何梨妈。

何梨妈是个淘米水都可以冲3遍厕所的人，怎么可能允许儿子爱上一个有主的、还丧夫的女人？！她觉得这样的人首先晦气，其次还多花钱。因为像她这样在乎理势和玄学的老妇女，必须要多花好多钱才能为儿子扭转运势，包括买家具和买辟邪的吉祥物，可是钱对于她和麦大可来说多难挣啊，俩人都是一分钱掰成八半花的人。换做平时，她总会在冰箱启动器的位置放一大块冰，这样会减少冰箱的启动次数；还会把洗菜水放置好几天，用来冲厕所，并且把马桶的冲水键用胶带沾起来，谁也不让用；还会用醋和水一比一的比例自制洗洁精，从而把买洗洁精的钱省下来交水电费。前阵子，日本地震中国抢盐，何梨妈愣是用了三个晚上买到了低于市场价20%的紧俏盐，可是她买的太多了。以至于这场滑稽的风暴过去后，何梨家天天烧的菜，像打翻了盐罐子，每个人吃的舌头上生疖子，何梨和麦琪琪都害怕在家吃饭了。

何梨妈虽然吝啬钞票，可是从不吝啬说话，她那机关枪一样的语速在那个晚上仍旧没有停歇的意思，一个劲儿数落着儿子的不懂事，不争气，不识抬举。何梨厌烦地用被子蒙着头，表情无奈又痛楚。

此刻，夜空黯淡无光，天边除了点点霓虹外，就是青黑的夜幕，散落的星星了无生趣地点缀在那个浓墨重彩的银盘上。

麦琪琪在旁边的屋子里也没睡，妈妈数落何梨的话她一句不落地听到了。今天她在何梨房间打扫卫生时，意外发现了一些冲洗好的苹果的照片。这些都是何梨之前偷偷多冲印的照片，因为他暗恋苹果是公开的秘密，家里人都知道。麦琪琪刚才也听到了父母对哥哥的训斥，于是决定偷偷把这些照片还给苹果，以断了哥哥何梨单相思的念头。

那次费一腾的生日宴上，费利哭诉的那些话让麦琪琪对这个富二代小渣男有了一些同情分，她此刻不像以前那么讨厌费利了。正好此时费利酒醒了，嚷嚷着刷夜，于是喊来麦琪琪一起夜宵。

麦琪琪爽快赴约，于是她把那些照片交给了费利，让费利找机会转交给他小姨苹果，费利应允。殊不知，这些照片中就藏有那张叶醉和骆北非常撩情的照片。

炸弹即将引爆!

那晚，费利酒醒了，说自己今晚不小心打了何梨。麦琪琪忙问原因，原来何梨又去骚扰苹果了，还和穿着睡衣的苹果湿身抱在一起。麦琪琪听完真的替哥哥不值，于是一再交代费利回去后要把那些照片交给苹果，了断两人情愫。费利应允，但是那晚喝了太多酒，结果回家后费利脑袋又断片了，他不知道把这些照片塞到哪里去了……

那个晚上，麦琪琪回家后劝诫哥哥别再惦记那个苹果了，所有人都不看好，可是何梨不以为然。

当晚，骆南毫无睡意，他杀到了苹果家，告诉了何梨私藏U盘的事。可是苹果今天已经很烦了，不以为然，并没有表现出特别的关注。骆南自讨没趣，但是他内心中对何梨的厌烦可谓是与日俱增。

正在这时，那个139的神秘电话再次在苹果的手机上响起，正好打破了苹果和骆南之间的尴尬。可是苹果接起后，里面再次传来一个外国老太太叽里呱啦的声音，苹果不知道对方说的是什么，于是电话再次在二秒钟后断掉了。

骆南走后，那个晚上苹果依然对那个外国老太太打来的电话耿耿于怀，这个手机为139的手机号非常陌生，应该也不是骆北通讯录里的人物，可他到底是谁呢？从第一天起，苹果只要一闲下来就会拨打这个手机号，先开始不在服务区，之后就是无法接通的关机声音，再也没有打通过。这件事苹果一直纠结着要不要给骆南和宋天鹅讲，但是她思来想去觉得还是先见到这个外国老太太，然后再定夺是否告诉他们。可是那个神秘的号码，犹如泰坦尼克号沉入大海沉睡的“海洋之星”蓝宝石项链，从此再也没有苏醒过……

第五节

三天后的一个早上，苹果去公司上班，孰料那天撞见“艳照门”的宋天鹅恼羞成怒地竟然在办公大厅区挂了一张条幅，上面写着苹果的不耻罪状，什么害死大儿子，勾引小儿子，还和小老板不干不净！虽然苹果同事一再阻止，可是宋天鹅歇斯底里。

面对同事叽叽喳喳的议论，苹果彻底崩溃了，她拿出仅有的积蓄跑到韩餐厅的叶醉面前（叶醉已从医院回家），说了一句掷地有声的话，“我辞职了，让我入股吧！”

这句话让叶醉惊讶万分又心花怒放，天啊，这个傻女人终于入套了！

可是当中午来这里吃饭的何梨听说这个消息后，第一个反应就是拼死阻止。

何梨连拉带拽地把苹果拉出了韩餐厅，在一个角落里，何梨已经直接开门见山，语无伦次。“听我说，听我说，你不能和那个女人做生意，那种生活不适合你。”何梨不知道该怎样说出阻止的理由，也不知道自己为什么总是介入苹果的生活，更不知道该怎样处理目前的乱局，于是这些话硬邦邦的话像页面广告一样弹出了窗口。

“为什么，这关你什么事？你到底想干什么！”苹果惊诧何梨的举动，按说她应该对最近一直出现在自己生活中的这个男人充满了反感和敌意。可是苹果潜意识里总觉得对方那双干净清澈的眼睛分外熟稔，总觉得像是在哪里见过，总觉得当那道目光远远投射过来的时候，她的心瞬间就被充盈……

“我没有恶意，你，你别担心。”此时的何梨只恨自己口拙嘴笨，恨不得生出四五张嘴来展示自己的好心，以及说服这个可怜的女人。

此时的苹果正穿着那条何梨匆忙之下买来的粉色长裙，她白皙的脸颊在桃粉色的映衬下分外有生气，那两个似有似无的酒窝恰到好处地绽放着无可比拟的光泽，这也是几天以来少有的动人色彩。

大厦回廊的墙壁上挂着一面硕大又精致的镜子，苹果看到自己的那个酒窝。曾经骆北说，这个酒窝很可爱。此时，苹果的脑海里忆起一个古时酒窝的来历。传说人死后，过鬼门关上了黄泉路，到一条桥叫奈何桥有个孟婆守候在那里，给经过的人递孟婆汤，喝过汤的人就会忘却今生今世所有事，可有不愿意喝孟婆汤的，孟婆没办法只好在这些人脸上留下了酒窝。于是这些人转世之后会带着前世的记忆和酒窝找他（她），所以能认识脸上有酒窝的那个人，对于伴侣来说，是一件幸运又值得珍惜的事。

可是骆北珍惜了吗？苹果不得而知。换而言之，苹果前世有许多无法忘记的回忆和身世，那么这些前史是否和别的男人有关，那么这个男人又会是谁呢？是那个与他纠缠不清的何梨吗？还是那个对她关怀备至的骆南？

可是此刻的何梨知道，自己会很珍惜。

暮色降临了，一团棉絮似的白云遮住了月亮，有飒飒风声掠过，湿淋淋的树叶闪烁着点点粼光，暑气已经消退了，迷离的花香点缀着夜景，璀璨朦胧，似乎预示着不久还会有好戏上场。

果然一个男子的声音闪烁着寒冷的光泽。

“别担心什么？！只要你出现在苹果身边，我们就会很担心！”何梨的身后突然跳出一个男声，这鞭子一样的雷声狠狠地抽了过来。

骆南出现在何梨的面前，让何梨不免一愣。

骆南长着一张艺术且绅士的脸，穿着彰显贵族气的卡夫卡衬衣，根本不屑与人斗嘴吵架，但是今天他为了苹果破例了。

“你愣什么愣？！这里是苹果的新战场，而她又曾是我哥哥的女友，就算我哥哥遭遇了意外，她也和你没什么关系！你趁早死了这份心！”骆南逼近何梨，恨恨地吼出这番话。

“我和苹果的事不需要你管！”何梨也不甘示弱。

“我偏要管！”骆南反驳。

于是这两个男人，一个支持苹果入股，一个反对苹果入股，在门口吵得一团糟。

“我是苹果的亲人，现在我请你离开！”骆南一声声吼着，似乎要把这个讨厌的男人彻底赶出视线。

“可是——我不离开！”此时的何梨也执拗了起来，他不知道自己为什么如此固执和坚持？为什么偏偏要截断苹果和叶醉的相遇？

也许，也许，这原本就是一出滑稽戏？也许，也许，苹果早就和骆北貌合神离？也许，也许，自己冤枉了叶醉？也许，也许，自己在照片上看到的是苹果和骆南的亲密照，那个男人根本不是骆北？不不不，自己没有看错，一切肮脏的起源都是骆北造成的，自己的阻拦没有错！

叶醉听到外面有两个男人在和苹果争吵什么，于是出来看个究竟。

苹果再次说明了自己要入股的决心，叶醉心花怒放。

苹果拿出了6万元，说本来是想借给叶醉度过难关的，可是现在自己无奈选择辞职了，所以希望可以入股一起经营。

叶醉当然来者不拒，她要一点一点让苹果感到崩溃和耻辱！当然，前提是两人要先把“闺蜜”演绎得如火如荼。冯传奇在一旁虽然看出了点蹊跷，但是这个“爱情打工仔”并没有揭穿什么……

何梨还是不死心，他思忖了一下，再次冒冒失失找到叶醉游说。

“听我一句话，你不能和那个女人（苹果）做生意。”

“为什么呢？”

“因为你不能。”

“我为什么不能？”

“不为什么，反正不能。”

“你脑子有毛病吧？”

“说了你不能，你就是不能！”

“神经病啊！要你来插手我的生活！”

“我只是好心提醒你。”

“告诉你，何梨，凡是你阻止的事我偏要做，谁让你毁了我的生活！”叶醉就是这么一副火辣辣的性格，何梨闻言，当即就流鼻血了。

冯传奇一直在后厨忙碌，根本没听见何梨和叶醉的争执，这件事情仍在持续发酵。

当天夜里，叶醉为了安慰不开心的苹果，故意留下来陪她喝小酒。于是苹果对自己辞职的缘由一吐为快，数落宋天鹅的不近人情。叶醉这才知道骆北的妈妈是这么一个霸道不讲道理的女人。不过当她得知骆北的赔偿金苹果一分钱没拿到时，叶醉的心里沾沾自喜起来，此刻的她内心唱起了欢快的歌……

第六节

何梨妈最近非常烦心，原因是老伴麦大可的工资被拖欠了大半年依然没有下文，麦大可是一名驾校的司机，欠他工资的老板是刘上帝。

刘上帝自已开了一家驾校，麦大可是驾校的老司机，老实巴交的只知道干活。可是麦大可好欺负，何梨妈可不好欺负，这天她在路上把刘上帝给截住了。

何梨妈拽着麦大可追上去讨说法，刘上帝眼尖，躲进了一家家具店。这家家具店的老板宋天鹅是个爱钱的主儿，一眼就看出了刘上帝身上的名牌手表，立马就帮着刘上帝解围。话说刘上帝也是个蒸不熟煮不烂的主，于是这两人的三寸不烂之舌就把何梨妈和麦大可给打发走了。

临了，刘上帝，挑了一张办公桌作为感谢，宋天鹅马上接招，直接打了个八折，派人上门送货，这两人一来二去就对上眼了。末了，刘上帝说改天约宋天鹅喝咖啡，说是答谢对方的打折之恩。宋天鹅笑着应允。

刘上帝走后，宋天鹅就喜滋滋地盯着对方开的那辆沙漠王盘算开来，“看来是个有钱的金主儿。”

刘上帝果真是个多金人士，目前单身，不过发的都是黑心钱，大马路上一年制造数万个马路杀手，你能说他赚的不是黑心钱嘛！这个开汽车驾校连锁店的中年男人，是一个谁的钱都赚的人。仗着自己儿子是车管所的，所以有恃无恐，反正只要给他送礼，他就给人家违规发驾照，不知道弄了多少马路杀手上路。

而宋天鹅是开家具店的，也是一个谁的钱都赚的人，不管从哪里进的家具，一律对外言称进口家具，今天让这两个臭味相投的人搅和在了一起，而且似乎还很默契。这不，刘上帝折身返回了，说现在就要请宋天鹅喝咖啡，果然正宗的蓝山咖啡百度外卖已经送来了。

宋天鹅喜从天降，那个下午两人坐在家具店的一套欧式沙发上，一直从初恋聊到离婚，末了，大有相见恨晚之意。

麦琪琪的父亲麦大可，也是何梨的继父，他一直在刘上帝的驾校任职。这个男人本本分分当了一辈子老司机，驾龄超长，技术精湛，但他很看不惯刘上帝那种唯利是图的劲儿，但是老实本分的他也没有跳槽的勇气，所以一直别别扭扭在那个驾校干着。用刘上帝的话说，八竿子打不出一个响屁，被人欺负急了，只会说一句，“你们太，太不像话了！”前不久，刘上帝的驾校运营不善，一直拖欠麦大可的工资，弄得何梨妈对刘上帝恨之入骨。

说曹操，曹操到。正当宋天鹅和刘上帝你侬我侬之际，何梨妈的声音像鞭子一样抽了过来。“刘上帝，你攒钱准备买墓地啊，现在可以买好几亩了吧？我说你悠着点行嘛，一个人死了，用得了那么大的棺材吗？”

“你，你这人，怎么，么，这么说话？”刘上帝不爱听了，他抹了抹脑门子上的汗。

“嫌我说话不好听，那把欠薪的工资发来啊！成天欠人家钱，不怕对方咒你死啊！”何梨生在一个普通家庭，父亲早年去世，母亲是个退休会计，经营着一个彩票点，所以整日跟数字打交道，算数可谓 NO.1。

“都是成年人，你们不要在大门口吵，影响不好。”宋天鹅每每以高档次人自居，所以话里话外一副歧视色彩，让所有人听了很不舒服。

“这里面谁是小学生啊？你拎出来让我们看看。”何梨妈看出来刘上帝和宋天鹅磨磨唧唧地好上后，她就对这个装腔作势、假模假样的女人非常反感。一条披肩四五千，一支口红好几百，上辈子穷疯了吧，这辈子使出吃奶力气消费，至于吗？再说了，眼前站着的这些人，往上查三代，个个不都是农民出身吗？分什么高档次，低档次？

何梨妈之所以会这么激动，是因为宋天鹅一直帮腔刘上帝，替对方开脱责任。何梨妈相当不买账，对这个一身假名牌的老女人讨厌至极，愣是在人家标价 80 万的那张床上坐了 20 多分钟……

第七节

这天早上费利去了修车行，并且嘱咐小工们赶紧把叶醉的车修好，既然大家都认识，那么那些宰人的修车费就一笔勾销吧。中午时分，费利开着那辆修好的老爷车来还车，正好碰到了前来这里吃饭的何梨。

天啊，当何梨确切得知苹果已经合伙跟叶醉做生意的消息后，他整个人完全傻掉了，太令人震惊了！

何梨把叶醉偷偷拉到厨房，质问她到底想干什么？叶醉大言不惭，“我就是要报复苹果，让她尝尝耻辱的滋味！”何梨听完鼻子都气歪了，好言劝阻对方鸣金收兵，可是叶醉连眼皮都没夹对方一下。

何梨无奈悄悄找到哥们冯传奇做工作，谁料叶醉一个威胁就让他彻底偃旗息鼓。“你敢把我的计划说出去，我就把你出让机票的秘密告诉苹果！”

这边厢，何梨非常沮丧，他束手无策，只得眼睁睁看着这个炸弹包随时爆炸。

谁料烦恼的事情并没有结束。

费利还完叶醉的车钥匙后就离开了，径直去了“小鲜肉联盟”。费利是个浮夸的小渣男，这些天学了一些拳脚的他再次加紧了对“N线女演员”的追逐，还从自己的“小鲜肉联盟”里叫来了几辆豪车壮行。

“N线女演员”今天要出国演出，费利去送机。结果在送别的马路上，费利一身超级名牌加身，带着一副贝克汉姆的黑超现身，从后备箱拿出了一个行李箱送给对方，“N线女演员”打开后，看见里面全是进口的零食，很受用，道了一声谢谢。费利趁机亲吻了一下对方的面孔，对方并未拒绝。与此同时其他追求者也来送机，看样子，他们大有生吃活剥费利的想法。

此刻的费利心花怒放，以为自己马上就要采花成功，谁料乐极生悲。

费利车后备箱里还有一个大箱子，不知怎么的因为震动自己崩开了。顿时箱子里面出现了好多声控娃娃，咿咿呀呀地叫着，接着还蹦出很多女士比基尼内衣，有的还有按摩球和模拟声音。众多竞争者都望向了费利，嘘声一片，费利狼狈不堪，强词夺理表示这些是自己替别人捎的，绝不是自己的。

“N线女演员”气愤已报，径直跑到费利面前一个耳光，随后众多竞争者一齐蜂拥而上教训费利。费利被打倒在地，还在结结巴巴解释，说自己前几天在伦敦观看了场“维多利亚的秘密”内衣秀，本想在朋友圈炫耀一下，没成想自己的诸多女朋友都要自己给她们捎过来一件儿，一件小小的内衣总不能拒绝女孩子，自己人缘儿好没办法，只是最后才发现自己的女闺蜜实在是多的厉害，于是箱子爆棚……

最终费利被打的鼻青眼肿，而他意外发现麦琪琪不知什么时候站在了一边，可是她一直看热闹未出手。费利埋怨对方为什么不帮自己，此时的麦琪琪已对费利有了复杂的情绪，她火冒三丈地甩下一句“活该”走人！至此，费利因为今天的丑闻被踢出“小鲜肉联盟”。

费利赶紧去追麦琪琪，结果对方一个扫堂腿，费利狼狈倒地，捂住关键部位再也爬不起来了……

今天的苹果正在店里工作，她给韩餐厅重新设计了一套标识，让叶醉和冯传奇大为夸赞，于是她习惯性拿出一个 U 盘去储存，之后她要去打印实施。

这时苹果再次想起了那个骆北临终前提到的外国城堡的 U 盘。

那个 U 盘是苹果买的，她只记得骆北许诺她要到爱尔兰去举行婚礼，那里是一个没有离婚的国家。当骆北说完这句话的时候，苹果就跑去了电子市场，淘啊淘啊，终于淘到了一个都柏林城堡造型的U盘。众所周知，都柏林城堡是爱尔兰当地标志性建筑，那城堡巍峨古朴，那设计简洁大方，有着让人向往的憧憬和神秘。苹果当即买了下来，随后还拿着U盘多次到何梨的数码店冲印照片，当然这个U盘也被骆北拿走使用过，只是苹果永远不知道，自己的未婚夫却用这个象征爱情的U盘存储了背叛爱情的照片。

因为骆北种下了孽债，所以韩餐厅这边一直没有消停过，这天中午吃饭的时候，险情就出现了。叶醉手腕故意带了一条铂金钻石手链，而且故意让苹果看到。何梨只听到苹果说了一句："这条手链好眼熟啊，我也有一条一模一样的。"

何梨彻底崩溃，当他听说苹果明天要拿来一起对比下的时候，他知道炸弹即将引爆！

第八节

叶醉越来越明目张胆了，而何梨变得越来越被动，再这么下去早晚要出事，何梨必须要想个办法变被动为主动。

何梨想到了陈文雀，冯传奇的前妻。

何梨知道最近叶醉和冯传奇走得近，他太了解自己的哥们了，冯传奇是个从来不得罪女人的男人，心花、眼花，能花的地方都花了，更何况是自己的前妻呢。陈文雀和叶醉是闺蜜，自从叶醉接管了韩餐厅后，陈文雀从冯传奇手里拿到了自己的佣金后，两人就没再联系。

何梨当天晚上伪造了一份情书，情书大意是陈文雀还想和冯传奇再续前缘。何梨要把后院的水搅浑，最好是把叶醉踢出局，这样大家都太平。

第二天一早，何梨就把这封情书挂在了餐厅的大堂内，叶醉看到后立马去质问冯传奇，冯传奇立刻一个电话把陈文雀叫来了。谁料陈文雀一直想和冯传奇复婚，所以才会热心地管他韩餐厅的一些破事，但是她万万没想到冯传奇这么快就搭上了叶醉，更没想到叶醉不仅接续了她的生意，还接手了她的男人。

陈文雀羡慕嫉妒恨地怒火中烧起来，她并没有揭穿情书的真相，反而一口承认是自己写的。一旁的何梨沾沾自喜，看着这几个人好戏登台。

其实此刻的叶醉还没有爱上冯传奇，当然也谈不上和陈文雀是情敌。但是她想要报复苹果，冯传奇这个店起了至关重要的作用，因此叶醉只得顺水推舟表现出对冯传奇的卿卿我我。

陈文雀看到两人你侬我侬的画面彻底发飙，两个女人掐了起来。掐架的过程中，一个推搡，叶醉的手链松开了。一直在旁默默关注的何梨见机会来了，上前一把假意抓着叶醉，偷偷把叶醉的手链顺走了。

叶醉没有任何察觉，气呼呼地宣布自己和陈文雀不再来往！陈文雀灰溜溜离开。苹果见叶醉生气了，于是上来安慰。

何梨迅速把手链藏在裤袋里，然后若无其事地在一旁观战。

席间苹果故意岔开话题，她伸出了自己的左手，左手腕上系着一条铂金钻石的手链，的确和叶醉的一模一样。“你的手链呢？我们来比一比，看看是不是一家店买的？”

苹果的这句话才让叶醉缓过神来，这时她突然发现自己的手链不见了，手腕上光秃秃的。四下找去，也没发现。这时冯传奇傻乎乎冒了一句："也许你们俩刚才冲撞时，手链断掉被顾客捡跑了吧？"

至此，手链事件没曝光，何梨心里大呼阿弥陀佛。但是内心深处，何梨更加憎恨骆北，为什么讨好两个女人非要买两条一样的手链，这不是此地无银不打自招嘛！此刻，骆南意外出现在韩餐厅，让大家一愣，但同时骆南也听到了叶醉莫名丢失手链这一幕。

这边厢，今天何梨妈直接冲到驾校去找刘上帝要钱。正好赶上宋天鹅嚷嚷着要学车，刘上帝为了讨好她，两人一起在学车，这时何梨妈带着麦大可冲了上来。

本来宋天鹅对何梨勾搭苹果这件事就一肚子怨气，当她得知那个要账的女人就是何梨妈时更是没有一点好脸色。这回两个老女人见面直接就掐了起来，宋天鹅骂着骂着就扯出了苹果和何梨的事情，何梨妈一头雾水，但听到宋天鹅骂自己儿子勾搭她家没过门的媳妇，简直要气炸了，冲上去就揪住了宋天鹅的领子要她说清楚。

刘上帝见两个女人打了起来，感到事情闹大了，赶紧拉架，谁料惨状已出，宋天鹅被打伤了，刘上帝十万火急把她送往医院。一路上何梨妈有些悔恨，说要是没有拖欠麦大可工资哪会闹出这么一档子事……

两拨人马在急诊室相遇了！何梨和苹果都分外吃惊！至此双方才搞明白原来麦大可是何梨的爸爸，而宋天鹅的相好刘上帝是麦大可的上司！而苹果才醒悟过来，自己的准婆婆宋天鹅被何梨妈给打了！

两拨人马本来都不是一个频道上的，于是见面也是针尖对麦芒！

何梨妈一看见何梨就抓着何梨指着宋天鹅当面对质，“你认不认识她家苹果？”何梨听到这句话很反感，苹果也很反感。可是受了伤的宋天鹅非常恼火，一把抓过苹果，“你俩刚才是不是在商场拉拉扯扯地买衣服，你现在就告诉这个泼妇，我有没有冤枉他儿子！”苹果骑虎难下，骆南听说苹果身上的裙子是何梨买的，当时脸色就不好看了。

何梨本来是要替自己妈道歉的，但一听宋天鹅骂自己妈是泼妇，当时就发飙了，骆南也借着醋意发飙了，两个男人掐的难舍难分。

末了，刘上帝说医药费不要了，就拿麦大可的工资抵债吧。麦大可老实，想息事宁人，于是赶忙答应了。可是何梨妈不答应，她说1000元医药费哪能抵了麦大可的半年工资？！

第四章

叩响爱尔兰爱情圣地之门

众所周知，爱尔兰和菲律宾是世界上唯一两个不允许离婚的国家。这对新人在爱尔兰登记结婚，依据对方的法律，爱尔兰没有离婚制度，所有的夫妇结婚时需注册年限。你可以自由地注册一年，也可以注册 100 年。如果是一年的话，那么注册费相当高，约合人民币 2.4 万元（人民币），还会送给你一个厚厚的册子，上面有上千条婚姻相处之道。如果注册 100 年，注册费仅 5 元（人民币），册子上只有一句话："祝你们白头偕老。"

第一节

于是今天下午，何梨妈杀到了这幢大厦内宋天鹅的家具店理论。她拿着医院的开销单后摔在了宋天鹅的脸前，质问对方良心被狗吃了，为什么这点钱就想抵消麦大可半年的工资？！

宋天鹅很反感，更不想细究，她鸡一嘴鸭一嘴和何梨妈针尖对麦芒地叮咣起来。这时何梨妈突然揭宋天鹅老底，说她黑心烂肚子坏良心，去给苹果单位挂横幅，控诉对方害死了大儿子，又勾引小儿子，最终导致对方无奈辞职！

这句话被在一旁搞设计的骆南听说了，他甚为震惊，他质问妈妈，可是宋天鹅不承认。何梨妈指责对方敢做不敢当，于是骆南一个箭步出了家具店，直接抄起手机给苹果打电话，谁料想苹果告诉对方，“我在韩餐厅。”

骆南一怔，径直往韩餐厅冲去。

骆南到了韩餐厅，才知道苹果已经辞职入股这家餐馆了。骆南说你干嘛要这样做，我完全可以给你找一份更好的工作。可是苹果不以为然，让对方不要管。

何梨听说骆南准备为他妈妈的所作所为道歉，并且还要自己单独出来开店，并且邀请苹果加盟时，立刻连连支持！苹果诧异，这个何梨到底想干什么？

可是叶醉听到这个消息，立马把骆南视为眼中钉，警告他赶紧离开，不要影响自己做生意，也不要来瓦解自己和苹果的闺蜜情！

骆南无趣，准备离开，临走前气呼呼把何梨拉出餐厅门外厉声威胁，让他离苹果远一点，不要再去骚扰苹果，自己知道他喜欢苹果，但是苹果是自己的，何梨没戏！并且何梨的人品极为不耻！何梨不以为然，说爱情从来都是公平竞争的，再说你妈把苹果视为眼中钉，那么恶毒的话都能骂出来，你觉得苹果会接受你吗？

两个男人为苹果剑拔弩张，弄得苹果很下不来台，她转身进厨房干活去了。

两个男人撕扯着中间，一条钻石手链意外从何梨的口袋掉了出来，这一幕让骆南恍然大悟，如获至宝。“原来是你偷的？你竟然是小偷！”骆南说完就捡起这个手链要去告诉叶醉。何梨害怕事情穿帮，一个箭步拦住了骆南，然后奋力从对方手里抢回了手链，接着浑身使出吃奶的劲儿将手链抛向了高高的楼顶。

手链最终还是丢了，找也找不到，死无对证了。但是这件事让骆南彻底看穿了何梨，他觉得这个男人卑鄙极了，如果连这种偷鸡摸狗的事都能做出来，那他根本不配得到苹果的爱。

骆南这次彻底愤怒了，把何梨凑了个体无完肤。何梨理亏，无法还手，一瞬间身上了就挂彩了。可是突然骆南被横空出世的一拳击中了前胸要害，抬头一看竟然是麦琪琪。

麦琪琪早就看不惯骆南这个小王八蛋了，敢这么撒泼欺负我哥！这还了得！于是一通拳打脚踢把对方给打退了。

骆南走后，心直口快的麦琪琪劈头盖脸地数落何梨，“你怎么能偷人家东西呢？你怎么能去当小偷呢！”显然，刚才的事麦琪琪全部听见了。

经过刚才的一番折腾，何梨几乎快虚脱，此时他的内心也委屈万千，于是无奈之下把“机票里的秘密”以及叶醉和苹果的关系一吐为快。末了，何梨还告诉妹妹为什么自己要保护苹果，为什么自己要出现在苹果身边，为什么要隐藏苹果未婚夫的出轨丑闻……

麦琪琪听完大吃一惊，她怎么也没想到哥哥卷入了一起“人命案”，惊的目瞪口呆。何梨千叮咛万嘱咐让麦琪琪保守秘密，对方答应了。这时麦琪琪突然想起了一件事，说自己此前拿了哥哥房间的照片还给苹果。

何梨一听大惊失色，因为叶醉和骆北那张撩情的照片就藏在苹果那一堆照片中。何梨忙问那些照片现在哪儿，麦琪琪说给费利了，何梨让麦琪琪赶紧给费利打电话。

费利因为上次“小鲜肉联盟”的事彻底惹火了麦琪琪，麦琪琪没料到这个富二代小渣男这么堕落不堪，气的好几天没理对方，并且宣布清理门户。费利也知道自己的丑事被人取笑了，他可不想被麦琪琪踢出去，于是好言相劝，可是麦琪琪的脾气十头牛都拉不回来，于是费利这个富二代小渣男也怒了，说不带就不带了，自己另寻高明，于是现在两人谁也不理谁……

麦琪琪的电话，费利根本不接，把麦琪琪气的直跺脚，把何梨急的冷汗连连！他下令麦琪琪无论如何都要拿回这些照片，麦琪琪知道事情重大，临危领命！

麦琪琪走后，何梨心里七上八下的。这夜的大街上异常安静，有点不同以往，汽车的喧嚣和街边婆妈的聊天声此刻消失得无影无踪，何梨恍惚进入梦境。在梦境中，何梨发现这夜的天穹出奇的明亮，幽幽的绿，深深的蓝，仿佛一块碧玉镶嵌在浓墨重彩的银盘上。何梨梦见自己睡在一片枫林里，四周山色层叠起伏，突然太阳窜出了天穹，阳光下风景宜人，五彩斑斓，远处一片片绛红色的枫林在阳光下闪着红光，再远处山路崎岖，陡峭嶙峋，依稀能看见骆南正在对一个女人说着什么，并且把一条钻石手链递了过去，告诉她何梨这个人物的卑鄙，顿时，那女人脸上的表情失落惆怅，悲戚无语……

何梨吓醒了，恍惚间知道自己做了一个梦。

这边厢，骆南径直找到了叶醉，然后把刚才的一幕学给对方听。谁料叶醉听完，扑哧一声笑了。“我知道是何梨偷了我的手链，我还告诉你，你收到的那条匿名短信是我发的，我的手机是以 186 开头的。”骆南很意外，忙问为什么？叶醉答，“我们是仇人，何梨是个王八蛋。”

那个晚上，骆南一直在想叶醉这句话的意思，最后得出结论：叶醉应该是和何梨有过一腿。

这世界真他妈拧巴！

送走骆南之后，叶醉平复了一下她的心情，她的报复计划基本成型了，于是心生一计，计上心头。

这天晚上，叶醉下班后嚷嚷着店里没清酒了，而苹果说自己家有一些，于是两个女人一起结伴而归。

到了苹果家，叶醉非常仔细地观察着苹果家的陈设，风格简约，看得出这是个温和的女人。叶醉看到了苹果和骆北的照片，心里一颤，她看到照片里骆北搂着苹果灿烂的笑，心里无限凄凉又怒火中烧。叶醉故意问苹果，“这是不是你未婚夫？”苹果很坦诚地点头，还说了不少她和骆北相识、恋爱的片段，叶醉听的感慨万千，泪如雨下。

苹果问她怎么了，叶醉骗苹果说想起了自己死去的男友，两个女人互相安慰。苹果还说，如果未婚夫不死，两人是要一起去爱尔兰结婚的，因为那个国家没有离婚，注册结婚的新人都是百年好合。这句话让叶醉的心潮剧烈起伏起来，在苹果下楼买菜准备晚饭的工夫，叶醉回想起了她和骆北的一些往事。

记得叶醉也一直催促过自己和骆北的婚事，骆北总是推托工作忙不肯正面回答。有一次被叶醉催的烦了，他突然一反常态地对叶醉说，“我们举行一场网络婚礼吧，我把背景设置为爱尔兰，那个国家没有离婚，全民实行注册结婚，可以注册一年，也可以注册100年。我们先预演下，然后明年就去那里成婚！”

叶醉被骆北的甜言蜜语给唬住了，两人真的举行了一场网络婚礼。

那是三个月前，俩人正如火如荼的时候。有一次在网上，许多网友在论坛里议论一对新人的网上婚礼。那对新人中新娘在爱尔兰求学，新郎在国内工作，俩人由于工作和时空的原因选择了网上婚礼。那婚礼浪漫动人，蔚然深秀，在网上频频掀起数次高潮，这浪漫又深情的一幕让叶醉镂刻于心。

众所周知，爱尔兰和菲律宾是世界上唯一两个不允许离婚的国家。这对新人在爱尔兰登记结婚，依据对方的法律，爱尔兰没有离婚制度，所有的夫妇结婚时需注册年限。你可以自由地注册一年，也可以注册 100 年。如果是一年的话，那么注册费相当高，约合人民币 2.4 万元（人民币），还会送给你一个厚厚的册子，上面有上千条婚姻相处之道。如果注册 100 年，注册费仅 5 元（人民币），册子上只有一句话："祝你们白头偕老。"

当叶醉听到新娘在网上动情地说出这番话的时候，激动地要死，非要和骆北也先举办一场网络婚礼。心虚的骆北当然不会同意，左右推脱，但是叶醉执著起来，不依不饶，最终骆北拗不过这个撩情的女人，俩人也体验了一把网络浪漫。那场婚礼，极大满足了叶醉的新娘梦，以至于之后的好一阵子，她也嚷嚷着要骆北带她到爱尔兰去注册结婚。

骆北曾说过要给叶醉这样的生活，在香水的味道中睡去，在咖啡的香味中醒来。这话叶醉每次睡觉前都会默念许多遍，她渴望自己可以每天早晨都可以在骆北的身边苏醒。

但是骆北肯定不会傻到去和叶醉结婚，也不会傻到去娶叶醉这样的女人，因为苹果是他的未婚妻，而叶醉只是他休假时的甜点。但是爱尔兰婚礼注册的恒久魅力，和它对婚姻不容亵渎的神圣却也深深吸引了这个男人。骆北也憧憬和沉浸到那种神圣的氛围中去了，他曾在一个晚上心血来潮地对苹果说："等我把这个戏拍完了，咱们一块去欧洲旅游吧，我带你去爱尔兰，那个国家牛羊比人口还众多，而且我们就在那里举办婚礼！"

男人永远都是那么不知足，都是那么怅然所得又怅然所失。骆北骨子里只想和叶醉缠绵，并不想和这个女人登记；而叶醉却完全不知所情，完全沉浸在婚礼的浪漫与憧憬中；骆北骨子里想和苹果共度百年好合，但却不珍惜这个未婚妻的隐忍与付出，公然在苹果眼皮底下偷情，并且还许诺情人办婚礼……

可是苹果什么都不知道，她一直期待着老公的许诺能兑现，一直期待着两人可以弥补骆北工作欠下的蜜月旅行。

苹果开门回来的声音打断了叶醉的回忆，那个晚上两个女人吃了一顿饭，聊了很多话题，但是当苹果问叶醉男朋友的名字时，叶醉随便编了一个“陈亮”的名字。至始至终，苹果都没觉察出叶醉身上的任何异样。

那晚离开苹果家，叶醉故意寻找房屋出售的信息，果真找到了，她顺手撕下了那个售房广告。

当晚，叶醉来到了冯传奇的家，因为她今天的心情极为糟糕，急需要倾诉和发泄。而冯传奇也觉得今天叶醉在陈文雀面前表现非凡，醋意大发代表着真爱无价啊！

由于今天叶醉丢了一条手链，冯传奇为了讨好对方特意下班后到珠宝店又买了一条送给对方。叶醉一看，这个男人还真有心，于是笑脸相迎，投怀送抱。

当冯传奇亲吻叶醉，温柔地说：“做我女朋友吧！”

叶醉突然回了一句:“想让我做你的女朋友是有条件的！”

第二节

第二节

冯传奇很大度，说你条件随便开。叶醉马上说自己看中了一套房子。冯传奇二话没说，就去里屋拿出一张存折递过去。叶醉见状，马上抢过，说自己这次是投资房产，如果赚钱了，两人五五分成。冯传奇很豪爽地答应了，说自己永远是爱情的打工仔。

叶醉再次解释，那家人急于用钱，所以房价要比市面上低将近20%，所以这桩生意一定赚钱。冯传奇用唇堵住了叶醉的唇，两人深吻，缠绵悱恻，叶醉任凭冯传奇的手在自己身上游走。

那天晚上骆南和宋天鹅吵翻了，他无法想象妈妈为什么能用那么恶毒的手段去对待苹果，逼得对方被迫辞职。当晚，骆南拿着东西离家出走了，宋天鹅赶紧出去追，谁料想下楼的时候扭伤了脚踝。那一刻真是哭天天不应，叫地地不灵。气急败坏的宋天鹅掏出电话，直接把苹果骂了个狗血喷头。

这个晚上的苹果刚刚送走了叶醉，心思单纯的她还沉醉在了刚才的闺蜜聚会中，谁料想宋天鹅的电话就劈头盖脸地打过来了，把苹果骂了个体无完肤！她说骆南离家出走了，扬言断绝母子关系，都是苹果这个扫帚星作孽捣乱！

苹果听完郁闷难当，一下子差点哭出声来。这时费利刚刚从外面回来，忙问怎么回事？可是苹果不答，依旧哭泣。于是费利自然以为是那个“闯入者”何梨又欺负他小姨了，接着一个电话把何梨给拎出来了。

何梨来到了苹果的家，得知了骆南离家出走，宋天鹅血口喷人的事，气愤填膺。他提出要请苹果吃饭，想趁机提醒对方要警惕叶醉这个人。苹果这时想起了何梨和叶醉的拉拉扯扯，追问两人是什么关系？何梨此时也准备一吐为快，不再担惊受怕，于是邀约苹果一起出去吃饭聊天。

这个傍晚，俩人在霞红色的天幕下一左一右地走着，此时夏末的天穹里透出一层神秘的紫色，两人就这样不知疲倦地走着，直到把月光走了出来，远处大道的十字路口上，一座新兴建筑物的尖顶轮廓像剪影似的叠衬在青黑色的天幕上。

何梨今天穿了一件藏青色的 T 恤，他挺拔的身材此刻在皎洁的月光下越发显得玉树临风，他身上偶尔会飘来一股烟草味，淡淡的，若有如无的，很好闻。而苹果虽然穿了件黑色的长款衬衣，但是腰间那条时尚的明黄色腰带打亮了她所有的底色，足下那双露脚趾的橘色凉鞋也托显了她的俏丽，让她整个人在夜色下熠熠生辉。何梨从没有这么仔细地欣赏过苹果，现在这么近距离地观瞧身边的这个女人，才发现她有着一种不喜喧哗，摄人心魄的美。她的眉很悠扬，唇很饱满，她的皮肤白皙，手指修长，尤其是那双眼睛，藏着万古芬芳的颜色，瞬间就染上了你的唇，你的心，你的思想，以及你的未来……

俩人进了一家徐记快餐连锁店，并且不约而同都点名要喝粥，原来这家店的名字也很特别——粥杰伦，大概俩人都对这个名字好奇，于是有了一致的选择。

这家粥店的海鲜粥非常有名，小店虽然装修异常节俭，但据说那里的蟹是海蟹，空运来的，蟹膏丰富，后味无穷。

“粥能暖胃，我们多来两碗。”苹果要了四碗海鲜粥，并且点了许多家常的小菜，对于熟悉的人，这样的店面，这样的环境，这样的菜品再舒服不过了。

谁料老板回复：只有一碗了，今天提早收摊，因为家中有事。

这么不巧啊，自己第一次请对方吃饭，就来了个如此没面子。何梨恨恨地想着，面色有些尴尬。

“那我吃粥，你点点别的。”苹果并未生气，相反还很温柔。

但是何梨内心深处，却泛着遗憾，怎么自己连和苹果一起吃碗粥的机会都没有。

“OK！”何梨要了一盘炒饭和啤酒，两人面对面用起餐来。

夜色静了下来，空气中飘来若有若无的花香，周遭的虫鸣有如夜曲。

餐厅内，何梨第一次正式向苹果求爱，这一次的苹果并没有完全拒绝，只是说可以相处相处看。获得勇气的何梨乘胜追击，想说出一些真相，于是轻描淡写地问苹果，“你的未婚夫骆北是不是经常爽约？有没有对不起你的地方？”这句话让苹果很诧异，她说骆北确实经常爽约，但那是因为他工作太忙，她希望何梨不要去诋毁一个死去的人。何梨听到这句话肺都要气炸了，这个臭男人可真会骗！

何梨觉得机会来了，他决定今晚说出一些秘密，好让苹果爱的轰轰烈烈，死的明明白白。何梨说自己觉得叶醉这个人很复杂，最好还是离对方远一点。结果苹果不爱听了，正好这时费利的一个电话打断了聊天，费利让苹果迅速回家！

这边厢，何梨陪着苹果一起回家，竟发现骆南拎着大包小包出现在苹果家门口，这让苹果和何梨很是惊讶！

骆南说自己跟妈妈吵翻了，没地方住了，所以今晚只能在这里借住一晚。另外以妈妈宋天鹅的脾气，肯定还会找苹果的岔口，所以自己准备以后当苹果的护花使者。

何梨一听，当即反对。苹果也连连反对，可是骆南就是不走，苹果也无可奈何。这时的骆南不再遮遮掩掩，径直把何梨拉在一边质问对方，“你是不是和叶醉有过一段情？你是不是偷走了叶醉的手链？”由于苹果就在身边，何梨坚决否认。谁料这话苹果竟然听到了，她笑着说何梨怎么可能和叶醉谈过恋爱呢？更不可能去偷对方手链啊？

苹果让骆南不要诋毁她的闺蜜，也不要再乱开何梨玩笑了。她知道两个男人都在追她，肯定会战争升级，纠纷不断。

一旁的费利不想三方僵持不下，一看时间已晚，于是做了顺水人情，直接掏腰包给骆南开了一间宾馆，让他休息。

骆南拉着费利不让他走，两人借着小啤酒聊起了心里话。骆南说自己喜欢苹果，可是遭到妈妈宋天鹅的反对。费利说我看得出来，我支持你和我小姨，我讨厌那个何梨。

骆南问为什么？费利说，“何梨有一次闯进来抱着湿身的苹果想占便宜，我觉得你很绅士，和我小姨很搭。”

这句话一下子拉近了骆南和费利的关系，两人再度要了很多啤酒，准备不醉不休。

这时麦琪琪的电话不合时宜地频繁响起，此时的费利和麦琪琪正在冷战，费利直接掐断了电话。麦琪琪再打，费利再掐，气的麦琪琪直跳脚……

随后郁闷的骆南把何梨那些破事全部一吐为快，费利听完大吃一惊，“这个何梨不简单哩！”

那个晚上，骆南的这些话让费利更加不喜欢何梨，两人迅速结为“男神联盟”，好基友激情四射。凌晨时分，费利喝醉就睡在了骆南的房间。

那个晚上，叶醉也留在了冯传奇的房间。

那个晚上，何梨也留在了苹果的房间。

但是这三对年轻人，什么事都没发生。

那一晚，何梨留宿在了苹果家里。由于房子刚交工，一些物品还需要归置，于是何梨卷起袖子开始干活。在忙碌的过程中，如果把时光按阶段切分开来，每一幅画面还是很温馨的。俩人一起挂窗帘，一起铺床，一起扫地，一起把生活用品各归其位……不可否认，这个时候的苹果非常需要一个帮手，而何梨就恰到好处地出现了，两个心有横亘的男人女人在这一刻中达成了某种程度的平衡，这一点似乎在预示着某种温馨、美好的东西……

第三节

第二天一早，冯传奇就带着叶醉去房屋中介那儿办了手续，叶醉心花怒放，她准备住在苹果的对面一点一点蚕食和吞掉这个“闺蜜情敌”。冯传奇并不知情，但是他看见叶醉这么开心，自己也心花怒放。

中午时分，叶醉和冯传奇回到了“前妻俱乐部”的韩餐厅，但是她并没有说自己买了苹果对面的房子。叶醉心机很重，她故意把一张自己和骆北的合影放在手机上，手机开着屏放在桌子上，并叫苹果过来一起研究对新菜品的开发，其实是故意要给苹果看照片。结果苹果过来的时候，刚巧手机屏显黑屏了。

这时何梨来吃中午饭（他在这里有季卡），一眼看到了叶醉的伎俩，他等到苹果转身的工夫，眼疾手快的他故意撞向桌子，于是把叶醉的手机重重地摔在地上，屏裂了！叶醉的火气“噌”地上来，大骂何梨是故意的，苹果也生气地说何梨过分了。

何梨无奈辩解，说自己马上赔给叶醉一个新手机。

苹果出门办事去了，冯传奇也在厨房忙活，这时心知肚明的叶醉开始了她疯狂大胆的玩笑，她冲过去抱着何梨就亲吻起来，这让一边的食客都瞠目结舌！何梨吓坏了，死命推搡叶醉，可是对方把自己抱的紧紧的，奈何何梨动弹不得。

“你可是我的男人，不是吗？”叶醉恶作剧，故意演给别人看。

叶醉的这句话着实把屋内的两个人雷倒了。

“你说什么，你没病吧，别乱说行嘛！”何梨首先吓傻了。

“我怎么乱说了，我们早就开始了，而且是在你追求苹果之前，你送我花，送我回家，请我吃饭，给我买礼物，你敢说这些没有过？！”叶醉逼近何梨，恨恨地说出了这句话。

这一幕，正好让前来这里吃饭的费利看见了，他非常震惊。

“你准备移情别恋吗？但是你要经过我允许才可以呀！”叶醉越发地放肆起来，紧紧卡着何梨的一支手臂，另外一只手直接朝何梨的臀部摸去。何梨吓得大叫一声，瞬间跳开了原地。

“你干嘛，疯了？”何梨吼了起来。

“是，我疯了，你现在移情别恋，我肯定是要疯了。”叶醉坦坦荡荡地回敬。

“你——你——”何梨没料到对方这么会演戏，一时间理屈词穷。他不明白叶醉为什么要这么做，难道是在报复他吗？

何梨和叶醉正在诧异间，突然他们身后传来了一个男人的声音，还有一丝香味飘来，一种罗勒叶子的味道，很清新，很爽怡。

“现在你还有什么要说？！早就知道你不怀好意，果真没看错你！”这是骆南的声音。

骆南的出现，让费利获得了救兵，费利怒不可遏地质问何梨，何梨连说这是误会，吓得抱头鼠窜。叶醉望着何梨的背影，哈哈大笑起来。

可是骆南对于这一幕，耿耿于怀。

第四节

费利这些天没去跆拳道馆，和麦琪琪吵翻后他想晾对方一下，可是那天自己挂了麦琪琪的电话后还是有点小害怕，对方可是黑带冠军啊，惹怒了对方可没有好果子吃！这不，费利下架，用2000张李小龙的海报工工整整叠了一个胖胖的寿桃送给麦琪琪请罪，两人这才重归于好！

可是麦琪琪见到费利后并没有重提旧账，也没有嚷嚷着教训对方，而是焦急地询问，“那天那些苹果的照片你给你小姨了吗？

费利被问愣了，“你什么时候给过我照片啊？！”麦琪琪一看对方就是个四六不靠的主,估计那些照片早就被他弄丢了，压根没到过苹果的眼前。果然费利说自己那天喝多了，根本不记得照片的事,也肯定没有给过苹果,麦琪琪听他这么一说，彻底放心了。她悄悄给何梨发了短信，于是两人开始吃饭。

这对“冤家CP”重归于好，再次回到了“苹果和何梨”的话题。这时吃饭时，费利说自己刚才撞见了叶醉亲吻何梨的一幕，这让他很不爽。

麦琪琪来的晚，没看见，不屑认同，于是两人在饭桌上又唇枪舌战起来。费利再次表示自己不喜欢何梨，不管他是不是麦琪琪的哥哥，他还说自己看好骆南和小姨苹果的感情。可是麦琪琪不喜欢叶醉，觉得这个女人城府很深，她认为刚才那一幕是故意做戏。两人意见不和，大吵起来。

末了，两人达成一致，“苹果的爱情”不能影响到两人之间的师徒关系！而且两人还表示此生不可能谈情说爱，因为爱情观、价值观、人生观实在不敢苟同，两人相约以“哥们”相处。

时光又恢复了往日的平静，生活像一个睿智的老人不停地滤出快乐和忧伤的信息。汽油降价了，股市飘红了，但是房价却像过山车一样疯狂飙升，没有人知道它的尽头，仿佛直耸云霄的电视塔，只有在高处不胜寒的地方才能接收到最佳信号。

叶醉让苹果看照片的计划失败后，开始打起了骆南的主意。这天晚上下班，她径直拦住了骆南的去路。“最近和妈妈吵翻没地方住了吧，想追苹果得找我啊！”于是两人进了一家咖啡店，席间叶醉大言不惭地告诉对方，“何梨人品有问题，不但阻止你喜欢苹果，还摔坏了我的手机，更重要的是他内心阴暗，小人心计，我可不愿我的闺蜜苹果嫁给这样一个男人！”

这几句话说完之后，骆南彻底信任了叶醉，他知道对方是在帮自己。于是，聪明的他提出自己掏出8000元的高价租下了叶醉的那套房子。

叶醉说看得出来骆南喜欢苹果，并鼓励骆南追求苹果，不要在乎世俗的眼光，骆南不自觉地用手挠头表情羞涩，这个动作跟骆北一模一样，叶醉刹那间看走了神，等回过神来，看到骆南诧异地看着自己，叶醉赶紧找个理由匆匆离开。

宋天鹅被摔伤后腿上打上了石膏，行动很不方便。她跟刘上帝抱怨自己出行不方便，以及生意没人照看。刘上帝立马献殷勤，让手下员工麦大可这阵子做宋天鹅的专属司机，而且让何梨妈去给宋天鹅嘘寒问暖的送饭。这两份工资都是另外发的，何梨妈本不想同意，可是看在钱的份上妥协了。于是两个老太太再度相遇。

苹果听说宋天鹅摔伤了腿和儿子闹的那么僵之后，买了一束鲜花去看望对方，于是来到了她的家具店。正好这时何梨妈和麦大可去给宋天鹅买晚饭去了，骆南也不在，店里只有宋天鹅一个人。于是两个女人展开了一段对话。

宋天鹅说自己誓死不同意骆南和苹果的感情，让苹果死了这份心。苹果也表态自己不想和骆南牵扯这么多，还说那个房子的首付款40万元会尽快还给骆南。

苹果说完就离开了，但是这么一大笔钱去哪里筹啊！外甥费利的爸爸费一腾虽然很有钱，可是他的钱全部花在那个娇艳女人身上了，自己怎么好意思开口借。苹果在路过何梨的数码店时，突然想和这个男人聊聊心里话，因为至始至终她并不反感何梨，而且还觉得对方很热心很体贴，于是她走进数码店，坐在了何梨的对面。

当天傍晚骆南就住进了苹果对面的那套房子，而且买来许多海鲜食材吃火锅。正好费利和麦琪琪一起回来，看见这一幕很是奇怪，于是被骆南召集过来去吃火锅。席间，费利一直问骆南和小姨苹果的进展，骆南说胜券在握。麦琪琪知道骆南妈和自己妈妈的过节，于是不高兴看见骆南得逞。

在对待苹果的问题上，费利支持骆南，麦琪琪支持何梨。虽然哥哥喜欢苹果全家人不赞成，但是麦琪琪还是向着何梨的，于是她一个电话把何梨叫来了。

此刻的苹果正结结巴巴向何梨借钱，何梨听说是还骆南钱后，竟满口答应了。这时手机响，是麦琪琪。接着何梨和苹果被麦琪琪一起叫回去吃火锅！

当何梨知道骆南租住了苹果对面的房子时，不禁大吃一惊！

第五节

一群人围坐在骆南家吃火锅，可是各怀心腹事，这顿饭吃的大家醉翁之意不在酒。骆南想告诉苹果，即使妈妈宋天鹅不同意，自己也要追求苹果。何梨在思忖这一切是不是都是叶醉在捣乱？苹果不明白这两个喜欢自己的男人究竟要干什么？

骆南不停地给苹果夹菜，引来何梨不满。但是骆南不以为然，依旧我行我素，席间费利还把自己看见叶醉亲吻何梨的画面学给了大家听，苹果听完半信半疑，她觉得不太可能！因为现在自己和叶醉是闺蜜，她不明白为什么那么多人要诋毁叶醉和何梨？！

何梨尴尬心虚，赶紧岔开话题，于是无奈撒谎，说是叶醉本来就喜欢恶作剧，想倒追冯传奇，但是又拉不下脸，于是拿自己当诱饵。

何梨的解释，骆南根本不买账，他说自己也看见了这一幕，放言苹果千万不要和这种人谈感情，因为何梨人品太烂。但是苹果不以为然，对何梨的话信以为真，因为她知道叶醉的性格果然如此。

骆南对何梨的诋毁让何梨非常不爽，这两个男人的较量从一开始就没有停止过，好在苹果并不相信，这让何梨稍稍松了一口气。

这时何梨意外接到了叶醉的电话，对方在电话里说，这一切都是她借上帝之手安排的，目的就是要报复苹果，并且不让何梨得到他想得到的爱情。何梨愤怒了，早早离席，迅速赶往叶醉家。

苹果看到何梨离开后，也无心吃饭，她反身回到了自己家。结果费利和麦琪琪又因为苹果的爱情吵翻了，一个向着骆南，一个向着何梨，两人驴唇不对马嘴，也是不欢而散。

在叶醉旧家门口，何梨和叶醉大吵一架，质问对方为什么这么无耻？可是叶醉不以为然，她说“你毁掉了我的爱情，我也要毁掉你的爱情！”

这天晚上冯传奇在叶醉家留宿，叶醉虽然对自己报复苹果的计划很得意，但就是开心不起来，她想跟冯传奇互诉说衷肠，但是又害怕对方认为自己恶毒，于是悻悻作罢，一醉方休。

两人品着红酒，叶醉说自己是一个坏女人，在完成一个报复计划，希望对方不要爱上自己。没想到冯传奇说，我不会揭穿你的计划，因为你有你的理由，等你彻底释放的那天，就是我彻底收纳你的那天。冯传奇说得很绅士，叶醉面对这个男人，完全没了抵抗，主动吻住了冯传奇……

何梨和叶醉吵完架，内心一肚子火没处发泄，这时麦琪琪刚好也回家了，过来何梨房间慰问哥哥。麦琪琪一直在追问哥哥，为什么叶醉会强吻何梨？

何梨讪讪地说，“还不是为了报复我！”自从麦琪琪知道真相后，一直替哥哥不值，目前叶醉这么嚣张，可是自己一身拳脚却没法作为。麦琪琪从内心而言，一直赞成哥哥和苹果的爱情，可是那个该死的费利总是唱反调，于是一腔怒火无从发泄的麦琪琪只得拿着费利出气。

何梨再次要求麦琪琪保守秘密，麦琪琪理解何梨的不易，于是答应哥哥谁也不会说，包括费利。

这天晚上，苹果不想接听找儿子的宋天鹅一直打来的电话，也不想跟宋天鹅撒谎，更不想对方一会找过来发现真相大闹天宫。于是苹果一不做二不休干脆去了韩餐厅，准备在那里对付一晚，第二天再说。

谁料想清晨时分，苹果太过疲惫，看着看着 IPAD 上的电影就睡着了，忘了关 IPAD 的电源……没想到由于插座老化短路，里面烧了起来，韩餐厅燃起了熊熊大火！

第六节

此刻，冯传奇和叶醉躺在床上缠绵，突然手机响了，被子里伸出一只男人的手把电话摁了。紧接着手机又响了，被子里又伸出一只女人的手把电话摁了，手机再次响起……叶醉把被子一掀，露出整个香肩，不耐烦地大叫一声“谁啊，真烦！”冯传奇非常不情愿地接起电话，突然冯传奇大叫一声，“什么！”

等冯传奇和叶醉赶到的时候，韩餐厅的火已经被消防队扑灭了，好在火势被及时控制住，没有殃及旁边店铺。此时苹果已经吓得脸色发白，瑟瑟发抖，整个人面对眼前的一切目瞪口呆。

苹果知道自己闯祸了，连声对叶醉和冯传奇说对不起。叶醉此刻脸都气白了，本来想顺道宰苹果一大笔的，结果餐厅还没赚到钱就因为这场大火折进去了，这真叫搬石头砸自己的脚！

苹果握着叶醉的手，泪眼婆娑，非常抱歉。叶醉火冒三丈，说自己原指望这个韩餐厅可以赚钱为自己办婚礼的，这下可倒好！冯传奇这时也在一旁帮腔，说自己已经和叶醉确定了关系，马上就要谈婚论嫁了。苹果心地善良，一听对方这样说，更加自责，于是满口承诺，餐厅所有的损失都由自己来赔偿。

这时大厦的商家陆陆续续来上班，看到餐厅着火，都跑过来看热闹，何梨也跟随着人群走了过来。何梨一看叶醉虎视眈眈、苹果楚楚可怜的样子，立刻认为这是叶醉故意设局而为，目的是要报复苹果！

何梨当即就把叶醉拉到厨房里质问开来，可是叶醉死活不承认，还说何梨冤枉她，挑拨自己和苹果的闺蜜关系。苹果听见后，径直起身要大包大揽负全责，还责怪何梨不要多管闲事。何梨知道这是陷阱，于是大叫，“凭什么啊！你忘关电源是有过失，但他们店里线路老化的问题跟你根本没关系啊！”

冯传奇早就觉得何梨有些厌烦了，一把把他提溜到了门外。这次可是真金白银的损失，自己和叶醉买完房子都没有多余的钱了，这赔偿金苹果出再合适不过了。

当天下午苹果思来想去决定卖房子！因为她实在拿不出任何积蓄了，而且她也不想告诉任何人，包括骆南。

苹果开始在网上挂出售房信息，还委托费利也帮忙打广告，费利此时正在麦琪琪的道馆练拳，于是麦琪琪也知道了，随后麦琪琪告诉了何梨。

当晚，何梨冲到了苹果家，把自己所有的可以抵债的证件都带来了，银行卡、数码店的合契、房产证……何梨说苹果的房子不能动，要卖就把他的数码店卖了。苹果内心很感激，但是当然不愿意对方这么冲动。苹果问，数码店卖了，你去干什么呀？何梨说他给苹果打工，干什么都行，只要苹果赏口饭吃，无所谓！苹果破涕而笑。

的确，这房子对苹果来说，是唯一的栖身之所，如果没了这房子，苹果真的无路可去了。而此刻的何梨再次大胆表白，他说苹果是他今生的挚爱，就让自己在苹果最危难的时候挺身而出吧，这样也不枉做一回掷地有声的男人。苹果感动，两人紧紧相拥。

苹果给何梨写了欠条，说日后一定还。何梨收下了欠条，但瞬间就撕碎了，他内心里就是把命给苹果，都无怨无悔。

这天晚上，宋天鹅终于追过来了，也知道了骆南租住了苹果对面的房子，她怒火中烧的样子可想而知，一旁的刘上帝觉得今天又要星球大战了。谁料此时的何梨非常得体地搂住苹果，然后义正言辞地告诉对方，自己是苹果的男朋友，以后休想再往苹果身上泼半点脏水！

宋天鹅一看这阵势顿时气消了一半，再看看骆南垂头丧气的样子，心花怒放起来！原来苹果有主了呀！原来我儿子没戏了呀！这也成！让骆南死心吧！

这天晚上何梨义正言辞的“英雄救美”让苹果很是感激，那一晚两人的关系正式递进，苹果第一次对何梨说，面前的这个男人是个英雄。何梨听完，很是感动，他深吻苹果，两人甜蜜的剪影映衬在银色的月光下。

可是此时的骆南就在楼下，他看见这幅画面，心急如焚，怎么能让苹果爱上这种渣男呢！自己一定要阻止她！骆南急匆匆冲上去砸门，可是屋内缠绵，迟迟不开。最终苹果开门，可是对于骆南对何梨的揭发和诋毁，苹果再也不愿相信……

韩餐厅装修期间，叶醉和冯传奇拿了苹果的赔偿金去异地度假了。

度假的路上，冯传奇问，你和苹果真的是闺蜜吗？叶醉未置可否地笑了。“那你陪我出来度假，又为的什么？”

叶醉笑，说自己有良心，对方在住院时照顾了自己，自己当然也要在有好事的时候学会分享。

冯传奇听完，畅怀大笑，那笑让叶醉觉得不好意思起来。

“姑娘，你该不会爱上我了吧？”

冯传奇有着岁月沉淀下来的坦荡、豪放和本色，他40岁的年龄有着成熟男人的沧桑美，虽然叶醉也是泼辣辣的女性，但似乎在冯传奇面前，她的洒脱还是略逊一筹。“笑话，我们只是合作伙伴！看你可怜才来陪陪你的。”

“哈哈，能让女人可怜，这男人也算有本事啊！”冯传奇点燃了两支烟，递给叶醉一支，叶醉并没有拒绝，接过。

烟雾在黯淡的空间里明亮起来，每个人的头上都飘着好几个烟圈，有两个烟圈在升至空中后还纠缠在了一起，好像两个一起牵手玩耍的玩伴。

“我猜你是摩羯座的，性格跟我很像。”冯传奇开始进攻了，他像一个老练的九段高手，步法缜密，有条不紊。

“你也是？”叶醉中招，冯传奇猜对了，她脸上的笑容泄露了心底的秘密。

叶醉今天的眼妆很迷人，咖啡色混着金色，飘逸中透着灵动。在冯传奇眼里，咖啡色是阴云，而金色是晴朗的云，如今两种云汇聚在火炉里，欲罢不能之际，还演化成了一场雨，从冯传奇的眼中涌出。

很久没有这种心潮澎湃的感觉了，冯传奇感觉自己心里湿漉漉的，好像刚下过一场人生的雨，这场雨把自己内心死角对女人的那种不美好和讨厌冲刷得一干二净。

那一晚，冯传奇带着叶醉来到了一家装修颇为考究的私人厨房就餐。这家叫琴湖天籁的餐馆拥有室内罕见的湖景，碧波荡漾的水岸上由一排排火红的天堂鸟装点，灿烂多情。这个餐馆是圆顶建筑，简洁明朗，临水的是清一色落地玻璃，有着通透的视野。坐在屋内的每个角落都可以看到波澜的湖水和湖对面婆娑的绿树，明快的线条里，勾勒出原生态的视角品位。

叶醉选了一个斜廊坐下，抬眼处洒落着一个又一个不规则的小窗，冯传奇告诉她，晴朗的日子里，阳光会从这些孔里射进来，经过湖面的映衬，产生变幻奇妙的光影。

叶醉欣赏着，看得出她心情很好。但是她故意对冯传奇选的餐厅不感冒，表现出情绪不高。

“姑娘，这是我朋友的店，你这样，让我很受伤。”冯传奇有好几家餐馆，也有很多开餐馆的朋友，据说这家店也有他的股份。但是冯传奇就是这么一个争强好胜的人，所以他在每一件事情上都那么咄咄逼人。唯独对待叶醉，一副难得又罕见的耐心。

这女人就是如来佛，能降住他这个孙悟空。

今天叶醉穿了一件湖蓝色的短衫，外罩一件白底黑圈的豹纹马甲，下身是合体的黑色马裤，一条浅黄色的丝巾束起了高高的马尾，显出一丝酷酷的美。

这时服务员走过来：“请问二位要点什么？”

冯传奇绅士地一指：“女士先来。”

服务员：“小姐？”

叶醉口渴，于是说：“给我先来杯茶，菜一会儿再点。”

服务员：“你要什么茶？”

叶醉：“绿茶。”

服务员：“你要什么绿茶？龙井、毛峰、碧螺春、白眉、竹叶青，还是……”

叶醉：“龙井吧。”

服务员：“您是要明前龙井、三春龙井，还是……”

叶醉彻底火了，心想喝个茶有那么大讲究吗？“有病没病啊，至于这么卖弄吗？不就是要杯绿茶吗？！”

叶醉火辣辣的话语彻底把冯传奇逗乐了：“这吧，贵有贵的讲究。行了，来两杯雀舌，明前的，半浓半淡的。”

服务员点头，终于离开了。

叶醉望着冯传奇扑哧一声笑了，笑得冯传奇不知所故。“怎么了，我长得很奇怪吗？”

“奇怪算不上，看得出你还挺有故事的，你说你什么场面都见过，为什么抠门成那样？！”茶端上来了，叶醉品了一口觉得不错。

“姑娘，这你就不懂了，所谓财来自有方，花钱用在刀刃上。”冯传奇那个胖胖的肚子里面似乎藏着许多故事，这些故事勾起了叶醉对他的兴趣。

“那年我去日本，都说那里的红灯区值得一去，于是我就傻了吧唧去了。结果入酒店的第一顿餐需要穿酒店的浴袍吃，我不懂，随便套上就开吃了。结果刚吃了一半，旁边的美女说，先生你的睡衣穿错了。左襟压右襟是死人的穿法，右襟压左襟才是活人的穿法。感情我吃了半天饭，是个活死人啊！这个美女的话弄的我心里跟吃了只苍蝇似的，谁料我刚提出要求，对方就笑着拒绝了。说这一夜不能和我这个活死人上床，两个人都会不吉利的，不过可以预约明晚。我当时就大骂，预约你个头啊！爷的情绪都被你给搅和了，当夜我就换酒店了。”

哈哈哈，叶醉忘情地笑了起来，那笑声尤为明亮，尤为开怀。

不可否认，冯传奇虽然其貌不扬，但他放荡不羁的外表下有着成熟男人的美感。冷峻中不失体贴，火热中彰显理智，他的幽默迸发出的可爱，以及他沉默是金的酷感，都是那么让叶醉倾心。

“姑娘，你把我的心搅乱了。”俩人对视，还未上菜，冯传奇拉过叶醉的手握在手里，不住端详，并且大胆示爱了。

“酸，真酸，这都在多少姑娘身上使了N遍了吧？也不知道换换词。”叶醉笑，不买账。

“我只对你说过。”冯传奇的表情变得严肃了。

“哈，那我真是受宠若惊啊。”叶醉大笑，不屑，抽回了自己的手。

“姑娘，跟我走吧。”冯传奇攥紧了叶醉的手往回一带，她的整个人倒在了冯传奇的怀抱。

俩人就这样僵持着，谁也没有了进一步的动作。时间一分一秒溜走，它滴滴答答的声音让这个包间尤为安静。

“你要准备把我带到哪儿？”叶醉发话，干脆，直接。

“带进婚姻。”冯传奇看着她的眼睛，话语执著。

“哈，笑话，你都进过三次围城，难不成还要进第四次？！”叶醉喜欢酒后的调侃，她骨子里有着豪放的东西，这份豪放恰恰是最打动冯传奇的地方。

“相信我，我会给你婚姻的。”冯传奇再次重申。

“讨厌，放开我，没喝酒你就醉了。服务员，点菜！”叶醉饿了，打掉了冯传奇的手，坐直了身体，直接一嗓子叫来了服务员。

那顿饭叶醉吃了很多，酒也喝了不少，大概她心里不爽，而冯传奇什么也没吃，只是一杯接一杯喝红酒。葡萄酒的颜色映红他的底色，让他彰显出与平日不能比拟的成熟与威武。

“谈谈你前妻吧，为什么我没在店里见到她？”俩人吃完饭，叶醉问起了这个话题。

“谈她做什么，败兴。”

“说说你为什么娶她？”

“因为爱情。”

“说说你为什么讨厌她？”

“因为爱情。”

“那说说你为什么又要娶我？”

“还是因为爱情。”

“嗨，感情你就是一爱情泛滥的种马啊！真有你的。”

“别跟我提生孩子的事啊，告诉你别跟我提啊，否则我跟你急。”冯传奇的耐心和温柔突然戛然而止了。

“哟，戳住软肋了，那我道歉。”叶醉收了声。

“那我不接受。”

“为什么不接受？”

“这是我的禁区。”冯传奇尴尬的表情，泄露了他的秘密。

空气静止了，俩人之间陷入了一种尴尬的寂静，有流沙飞过耳边的声音，若有若无。

“你皮肤真好，雪白雪白的。”冯传奇突然转了语气。

叶醉佯装生气，没有回答。

“姑娘，那些看不见的地方更白吧？”

冯传奇毫不犹豫地吻上了这个女人，吻上了这个嘴唇相当性感，相当厉害的女人。出人意料的是，叶醉没有挣扎，俩人的唇死死地纠缠着，好像一个远航者在大海中迷失了方向，不停袭来的海浪与礁石撞击着彼此的神经，让人恍若如梦。这个吻非常投入，非常本能，深深点燃了俩人藏在心底已久的爱恋与欲火……

那一夜，冯传奇“绑架”了叶醉，对于这个邀请，那一刻，叶醉没有拒绝。为什么呢？是心烦吗？是无聊吗？是需要一个取暖的伴吗？似乎都不是。那是什么呢？没有人能说清楚。

第六节

在一家爱情酒店内，厚厚的窗帘被拉上了，房间里泛起了橘黄色的灯光，叶醉感觉自己被人抱在了一张大床上，床上的丝被异常柔软，她的衣服像施了魔法一样，一件一件消失了。她美丽的胴体洁白光滑，此刻，有一种抚摸逐渐令她喘不过气来。

房间的墙壁上挂着一幅线条凌乱的抽象画，它鲜艳的色彩给人无限的想象，此时在墨色的暗夜里，每一根线条似乎复活了生命，展现着白日不能比拟的灵动，就像睡梦中的叶醉，神秘、奔放、妖娆、热烈、多情……

第七节

叶醉和冯传奇度假的时候，苹果和何梨正在忙店内的修缮和装修。整个装修过程，都是何梨在忙乎，苹果打下手。何梨和苹果一起去选材，一起设计，何梨发现苹果非常有设计才华，那一刻苹果才说以前让何梨打印的那些海报其实都她设计的，本来苹果挺喜欢自己的那份工作的，谁料想被准婆婆宋天鹅一通搅和，自己只得无奈辞职。

何梨一边听着苹果说话，一边干活，内心其实挺替苹果鸣不平的。这时暮色降临了，一盏地灯亮了起来。这盏绿色的灯幽幽地亮着，一道柔和的光打在苹果秀气的鼻梁上，形成了一道很好看的光影。她总能给人馨色飞扬的感觉，何梨喜欢从 45 度的侧面看她，妩媚、立体、生动，又非常女人，何梨很庆幸自己能遇到她。

此时的何梨手里的活已经干得差不多了，整个韩餐厅的修缮工作也差不多完成了，这样的一种氛围中，何梨有一种想坦白的冲动。

“其实……其实我就是想告诉你，我曾经借过叶醉 5 万块钱，一直没还上，所以她耿耿于怀想捉弄我，于是炮制了我和她的前史。其实我和她什么也没有，根本连感情的边都沾不上，她有她的男朋友，我有我的心中所爱。”何梨磕磕绊绊地说着，本来是想坦白骆北死亡的真相，谁料想一张嘴又变成了叶醉调戏自己的话题。

“我知道，你和叶醉根本不可能擦出火花。”苹果从来没有质疑过何梨的忠诚。

那一刻何梨感动极了，他径直上前一把抱住了苹果，怀中的苹果有些挣扎，可是何梨死死地抱紧她，令她一动也不能动弹。

这一天，其实早就该来了，在苹果第一次来数码店冲洗照片的时候，在何梨第一次看见苹果的时候，他心里就涌动着这个强烈的愿望，如今梦想成真，他微微有些发抖。

这阵子以来，何梨一直被深深的内疚，错位的人际关系，阴差阳错的冲突事件缠绕着、左右着、困惑着、折磨着。曾经有一刻这种痛苦的感觉简直要把他撕裂，甚至要把他焚烧和吞噬。那一刻，何梨觉得自己生不如死。如果真相和道德的谴责果真有一天会到来，果真有一天要何梨付出代价，那么何梨临死前只想做一件事，就是跑到苹果的面前，表白对她的爱，那种隽永深秀、刻骨铭心的爱……

而此刻，两个人紧紧拥抱着，没有了一丝一厘的距离。他望着这个女人的那双眼睛，那双如春天般湖水的眼睛，那双眼睛里有点桃花蓝，雨夜蓝，还有一点淡淡的婴儿蓝，那对眸子清澈、幽深，深得你想扎下去，看个究竟……

苹果被这个男人抱在怀里，那一刻，她的心出奇的安静。过往的迷茫和苍凉消逝得无影无踪，好像被人施了某种奇异的法力一样，畅快淋漓。那拥抱对于苹果来说，没有一丝一毫的生疏与隔膜，仿佛前世今生就被他的热力和柔光润泽着。两人就这样紧紧相拥，谁也不愿放开对方，惟恐一松手，咫尺变作天涯。

“其实叶醉的演技很烂，相信你也能看出破绽。”

“我知道，我早就看出来了。”

“其实我很想保护你，特别是你家里出事之后，你不再来数码店冲洗照片了，你不再出现在我面前了，我就会莫名其妙地为你担心。”

“其实出事后，我活的也很压抑，没有可以说话的人，但是却有很多双监视的眼睛，我不知道那些日夜是怎么过的，我觉得生不如死……”苹果说的是心里话，对于一个普通的女人，没有太高的人生目标，只求安静的情感生活，可一旦有一天情感的靠山瞬间失去，她一下子就变成了最飘摇的人。孤单寂寞，无依无靠，这时她特别希望有一个肩膀，一个安静、厚重、踏实的肩膀让她依靠。何梨就在此时出现了，出现在这个让人怜惜的女人面前，这份温暖对于苹果来说，非常重要。

苹果独白的感觉竟然和何梨的心境一模一样，也许上辈子与苹果纠缠的男人和何梨有关，不然为什么俩人会有那么多默契，那么多投缘的地方。

有风声飒飒吹来，那么柔软，似乎怕惊醒蜜中人；

有月光缓缓洒下，那么洁白，似乎一幅唯美俏丽的板雕画。

此刻的苹果别有一番风情，她静静地站在那里，通身散发着一种清丽脱俗、含蓄典雅的美，像澄静的湖水，清澈，晶莹，立体，掩饰不住她与生俱来的性感魅力。她雪白的皮肤和背后碧蓝的墙面融合的水天一色，好似一朵圣洁的雪莲开在了青海湖。

“其实我不好，我偷偷加洗过你的照片。”

“我知道。”

“我还弄丢了你的 U 盘。”

“我知道。”

“今后我还会害得骆南误会你，给你误解、怨恨和难堪。”

“我知道。”

苹果的这句“我知道”着实把何梨震撼了，其实这已经表明了苹果的态度了。其实这么长时间来，何梨身上彰显出来的善良、正直、热情，以及深爱与虔诚已经深深地打动了苹果，她的内心已经留出了一方温软的芳草地……

“我还有一个秘密一直瞒着你。”何梨的声音，让空气一阵紧张。

“嗯？”苹果诧异，不知道对方要说什么。

“我其实每天都在偷偷看你，就在我得知你新婚后，就在你每次来这幢大厦的时候，我都抽空守在一个隐蔽的玻璃门后面观瞧你。你有没有眼袋，你脸色苍不苍白，你是不是换了发型，我都知道，可是你从来没有发现过我……”

何梨的这段话着实把苹果给惊呆了，原来这个男人早就闯入了她的生活，似乎只为她一个人而存在，可是自己至今被蒙在鼓里。老天，难怪这眼神如此熟稔，仿佛上世纪早就相识；老天，这世上怎么会有我这么笨的女人？！我苹果何德何能，方能让对方如此牵肠挂肚！

“我不是圣女，也不是贞妇，原来这一刻我早就期待已久，是意外也好，是失误也好，是贪心也好，就让我在他怀里先享受这一刻吧。这一刻会被道德谴责吗？这一刻会成为别人的笑柄吗？不得而知，也不想知道。总之，别的事，待会再说，待会再说。”当何梨的唇轻轻吻上她的唇时，苹果的心被感动得一塌糊涂，她心底的这个声音一直在轻轻呐喊。

此时，华灯初上，路灯亮了起来，星星点点，折射出夜晚的光芒。

此刻的何梨也非常兴奋。老天，这个女人真是值得爱，她外表柔弱，其实骨子里铿锵不阿，洒脱爽直。此刻何梨好像三十年来才明白了爱情的真正含义，它不单单是两情相悦，而是它身上有一颗自由而茁壮的灵魂。这个女人敢爱敢恨，自信独立。她处在最魔幻的年龄，不会太世故，不会太青涩，成熟也真实，可以较真，可以笃定，可以不问结果地一路走到底……

那天晚上，两人以装修未完工为由，待在韩餐厅睡了一晚。

“我在这里凑活一下，你大胆睡在沙发上，不要再害怕了，有我在。”何梨指着一块三合板说着。

不可否认，何梨的出现让苹果的人生一下子有了生气，因为生活的压力，因为亲人的猜忌，这些日子里，苹果活得非常辛苦非常压抑，有时候她甚至生出了离开这座城市的想法。

那天晚上苹果一直在问，“为什么？为什么？”

谁料何梨没有长长的解释，只说了一句极为平静的话：“爱不需要理由，不爱才需要理由。”

这句话再次把苹果给震撼了。记得刚认识何梨的时候，那个男人明亮的眼神，温柔的礼貌一直留在苹果的记忆里。后来发生了很多事情，很多让人很纠结很无奈的事情，可是奇怪的是，无论何梨如何办错事、说错话，苹果却恨不起来这个男人，总觉得他们两个人异常熟稔，原来这双明亮干净的眼眸已经追随了她许久……

也许这就是缘分吧，也许前面那些错综复杂的铺垫，都是俩人感情的前戏和奏鸣曲吧。在爱情面前，也许何梨身上的那点秘密也已经不重要了。今晚的月光真美，每个人身上都罩上了一层朦胧的金色。房间里传来了饮水机滴答滴答的轻响声，伴随着窗外天鹅绒般轻柔的花香，一轮丁香花瓣似的月牙冉冉挂在天际上……

灯火在夜色阑珊中婆娑着，点点星光倾泻下来，像一幕静谧的钢琴曲，身姿温婉，轻轻流泻。

这期间，韩餐厅的修缮工作全部完成了，何梨发现苹果非常有才华，很多建议都非常棒，他也记住了苹果的一句话：

“我最大的理想就是当一名设计师”。

这期间，苹果时不时也会拨打那个139开头的匿名电话，可是再也没有打通过。

这期间的骆南非常颓废，看着何梨和苹果双进双出，看着苹果越陷越深，他觉得自己无能极了，身心崩溃。他为此很郁闷，觉得和苹果似乎不能再续前缘了。那阵子，郁闷的他一直找费利喝酒，费利此时泡妞心切，根本没把好基友的事放在心上……

冯传奇和叶醉从外面玩了一大圈回来，两人感情着实升温了，冯传奇彻头彻尾地陷了进去，他已经向叶醉求婚了。可是叶醉只想和对方玩玩，她并不是把这段感情看得那么认真。

在韩餐厅重新开业的庆典上，叶醉和苹果碰杯庆祝，谁料“咔嚓”一声，酒杯落地，叶醉突然晕倒了……

第八节

叶醉怀孕了。这真是一件始料不及的事。

叶醉躺在医院里，睁开眼睛，看见冯传奇、苹果、何梨都围着她，苹果惊喜地扑上去抱住叶醉，恭喜叶醉怀孕了，随后冯传奇也扑上去抱住叶醉，说感谢叶醉，还说人算不如天算，他要风风光光把叶醉娶回家。

叶醉的第一反应竟然不是开心，她很意外，其实她并没想过这么早跟冯传奇结婚，之前那些话是用来唬苹果做戏的，没想到事情发展得这么快，叶醉笑得有些不自然。

可是冯传奇非常开心，因为自己的身份升级了，这意味两人的爱情也水到渠成了。

这天晚上，冯传奇很绅士地递给了叶醉一个锦盒，一看便知是礼物。叶醉打开，看见一套玫红色的内衣，静静地躺在锦盒里，蕾丝点缀，奢华妩媚，异常高贵。

“喜欢吗？”冯传奇进攻了。

“你，你花了多少钱？没病吧。”叶醉看了一眼价签，上面标着 9999 元的单价，觉得这个男人是不是疯了。

“哎呦，你这句话可问着我了，我今天算了一下，你这套内衣总共占地面积不过 0.25 平方米，可价值或超万元，这已经严重赶超我国房价 500 倍了。”冯传奇夸张的话语，差点没把叶醉的胆汁笑出来。

“哈哈哈，敢情你送我礼物，心不甘，情不愿啊！”叶醉佯装撅嘴。

“嗨，说个笑话，一点娱乐精神也没有。”冯传奇把嘴凑上来，欲吻叶醉，叶醉一个闪身躲开了。

“做我的女王吧。”冯传奇求婚了。

“那你家的那个丑妻怎么办？”经历了骆北死亡这件事后，叶醉也一度很颓废，也希望赶快把自己嫁掉，可是嘴上并不那么情愿。

“让她给我们当丫鬟。”冯传奇一副玩世不恭的表情。大家都知道陈文雀和冯传奇已经没关系了，可是叶醉依然没话找话地拿陈文雀说事。

“吹吧——你！”叶醉明白，冯传奇动了真情了。

冯传奇一把把叶醉压在了床上，强吻了起来。“姑娘，你好绝情啊……”

他们在皎洁的月光下接吻，没有一句对白，也不需要任何眼神的交流，叶醉温柔地躺在冯传奇的怀里。在他那略带蛮力、令人窒息的吻中，她身体里的男儿气全部都被撕走了……

自己的闺蜜怀孕了，苹果当然表示也要做点什么。

苹果主动说自己做得一手好菜，每天可以换着花样给叶醉补身体，提议干脆让叶醉住到自己家里来。冯传奇一听连连说好，他巴不得有苹果照顾叶醉，冯传奇抽烟喝酒一时戒不了，肯定对孕妇不好，他很感激苹果，向对方致谢。何梨在一旁想阻止也阻止不了。

于是，叶醉出院后就真的住到了苹果家。

那阵子，叶醉因为身子不方便不去韩餐厅了，韩餐厅完全交给了冯传奇和何梨。此时，何梨的数码店已经卖掉。

叶醉本不想要这个孩子，但是苹果把叶醉照顾得非常好，给她洗衣做饭，陪她挑选胎教的音乐，还说以后叶醉不要管韩餐厅的生意了，全部交给她，等着年底分红就行……叶醉刚开始很受用，但是后来苹果的单纯与善良犹如皮鞭一鞭一鞭抽打在叶醉无耻的灵魂上，叶醉好几次拉着苹果，想告诉她全部的真相，但话到嘴边，又咽了回去……叶醉终于受不了了，她给冯传奇打电话，她要回家！

苹果以为是自己没照顾好叶醉，叶醉说是自己想冯传奇了，胎教离不开孩子的爸爸，走的时候，苹果还给了冯传奇一本厚厚的本子，里面都是苹果手写的对叶醉照顾的注意事项和营养餐搭配。叶醉坐在车里抱着本子嚎啕大哭，吓坏了冯传奇。叶醉哭着说，“我就要当妈妈了，我不能这么做！”冯传奇听得一头雾水，任凭叶醉在自己怀里哭泣……

而这段时间，宋天鹅的心情是一飞冲天，只要儿子骆南和苹果断了，就了了她心头的一桩大麻烦，于是她和刘上帝的婚礼被提上了日程。

要说宋天鹅这么有品位的一个女人，怎么会看上刘上帝这么一个其貌不扬，还有点结巴的男人呢？不过刘上帝善于伪装，关键时刻思维缜密，口才流畅一点都不结巴。只是在不重要的场合，他会幽上一默，骆南妈一直觉得他在秀表演，总之啊，她对这个男人很中意。谁也说不清楚，也许一物降一物，上帝造人时就在天堂配好了对，不然为什么他们俩能那么珠联璧合、相得益彰？

此前发生了一件事，刘上帝在这件事上彰显出了超人的智慧，于是宋天鹅一下子加快了下嫁的决心。

宋天鹅有个生意伙伴急需把手里的一套二手房出售，可是由于这套房子是阴面，不朝阳，而且地理位置稍远，挂牌很久了，一直没有成交。刘上帝知道了这事，他给了两点建议。第一，看房时间必须是上午，不能是下午；第二，双休日的看房时间必须是上午10点半到11点之间，其他时间拒绝看房。

接着，刘上帝讲述了理由，因为房子是阴面，所以下午基本上就没阳光了，阴暗的格局会令许多看房者失望。集中看房时间是商家促销的一种技巧，因为买东西的人都知道，一大堆人围着一件商品肯定卖得快，这时商品的质量退居其二了，买家的心理变为第一了。

这话说完没两天，果然这套房子以高价出手了，对方高兴得手舞足蹈，破天荒地给宋天鹅免费发了一套欧式家具，算是作为对她的酬谢。而宋天鹅对刘上帝的才华着实领教了，不但佩服五体投地，而且逢人便吹嘘。

刘上帝，刘上帝，怪不得你这么有本事，原来你是耶稣的兄弟，不然你怎么会称上帝呢？！

于是，一物降一物，刘上帝娶到了意中人，而且这个意中人还是个姿色颇佳的小富婆，这着实让刘上帝有些窃喜。

因为要筹备婚礼的事项，俩人还是选择了大婚前的低调。宋天鹅自鸣得意地说，喜欢吃猪肉没必要把猪油都摸在嘴上，那岂不是太此地无银三百两了。内行人听到这句话，就知道她是在讽刺谁，当然是在讽刺何梨妈。当年何梨妈和麦大可的婚礼可谓是倾巢出动，举国隆重，尽人皆知。“不就是结个婚嘛，至于吗？”

可是宋天鹅低调，骆南并不轻松，这些日子里骆南一直在给妈妈和继父订婚纱订酒店装修房子，忙的也是脚打后脑勺。

另一边，何梨卖掉数码店后，成了韩餐厅的全职打工仔，他非常努力地帮苹果经营，策划了很多主题，每一星期更换一次，花样百出，韩餐厅生意日渐火爆，苹果非常开心，与何梨的感情与日俱增。

装修后的韩餐厅顾客盈门，生意兴隆，短短几个月小店就赚了几十万，苹果除去叶醉和冯传奇的分红还净落了 40 万元，于是她拿着这些钱去给宋天鹅道喜，末了还把骆南的首付款还了。

骆南听说现在苹果和何梨夫唱妇随，内心非常沮丧，他一直告诫苹果何梨不是什么好人，可是苹果不以为然，一笑了之。骆南住在苹果的对面，看着何梨和苹果双进双出，心里很不是滋味，但是没有任何进攻的举措，简直就像一个滑稽的灯泡，不知疲倦不合时宜地亮着。他曾经向费利诉苦，想让费利暗地里帮自己，可是费利一摊手，表示很无奈，说自己的教练麦琪琪赞成何梨和苹果在一起。自己现在很怕教练，因为动不动对方就会把自己修理一顿。

叶醉本来是想惩罚何梨的，所以才会把房子租给骆南，可是由于自己怀孕，心态上很多东西发生了变化。她发现苹果其实很纯澈很简单很无辜，她发现何梨来到韩餐厅后很能干很热情很有责任心，于是她也不再拆散苹果和何梨了。

自从何梨闯进了苹果的生活，苹果觉得生活开始灿烂了起来。她喜欢买花，红玫瑰、香雪兰、马蹄莲都是她的最爱，这一支支由自己精心挑选来的鲜花打发走了她许多难熬和抑郁的夜晚。以前，和骆北恋爱时，苹果日日买，可是骆北从来不欣赏，还抱怨苹果乱花钱。苹果无奈，停了这份心思，如今心情大靓，鲜花再次回到了她的身旁。

苹果家的阳台外面有一盆豌豆苗，是她和何梨有次吃饭从外面带回的豌豆，泡在水里竟然发了芽，几次想扔掉，可这盆植物越长越茂盛，于是苹果就精心养了下来。现在何梨每天都要回到这个装修朴素的家来，俩人每天都要一起驻足看上这盆豌豆苗好半天，俩人一起培土、浇水，拿到外面晒太阳，终于发现它结出了两颗果实，确切地说是两颗接吻豆。它们的身体紧紧缠绕着，芽儿丰满茂盛，生机勃勃，好似两个正在接吻的恋人。

接吻豆，苹果很喜欢这个名字。每次看到这盆植物，苹果和何梨都觉得是自己，那么亲昵，那么甜蜜，那么温馨……

何梨和苹果的感情日渐升温，但是何梨开心的同时也担忧起来，他知道真相迟早要曝光，他知道大家迟早会知道是他“出让机票”致使骆北死亡。思来想去，何梨决定用另外一种方式坦白。于是他趁苹果不注意，偷偷用苹果的手机录了一段自己的坦白视频，然后又偷偷放回苹果包里。他觉得，苹果迟早会发现的，他期望对方可以原谅自己。

时光回到了那个有着火烧云的傍晚。

那个傍晚，何梨来敲苹果的门，苹果刚洗完澡，暮色慢慢降了下来，夜风吹拂着窗帘，这个窗帘是宜家买的，水仙色的蔷薇花，一布一纱，动静分宜。

今天的苹果穿了一件黑色的套头衫，领口处有一枚意大利的银饰别针，它拖了一条长长的银链尾巴，顺着她的前胸垂了下来，在迷人的乳房处打了一个漂亮的弧线，让人浮想联翩。

何梨决定在今晚上演自己的“坦白行动”，于是邀约对方一起去外面过夜，苹果并未拒绝。

这家小宾馆位置偏僻，装潢也很一般，但是在一片绿树掩衬下显得很有情调。这是一间日籍华人开的日式宾馆，里面的一切设施都是原产自日本，低矮的幕帘，木质的房间，清素的花台，还有投币的空调机……

在日本的一些宾馆，一些旅游的旅伴喜欢选用带有投币空调机的房间，因为按需投币，这样可以节省出游成本。何梨是第一次来，他换了一把硬币，准备晚上开空调时用。

苹果躺在何梨的怀里，不说话，何梨也不说话，两人享受着这一刻的静谧。

“我们的关系曝光了，骆南该恨死你了吧？”何梨轻轻发问。

“是！骆南一直都在质问我，其实话说清楚反而是件好事。”苹果一脸坦然。

“我困了，我想睡了。”苹果的眼皮开始打架，她这句话其实是想问，何梨今晚怎么睡？

“我不困，你睡吧，我在床边坐一会儿，看一会儿书。”何梨故作轻松地答，随手拿出了自己包里的几本杂志。

苹果知道，何梨不是那种人，如果他有邪念，其实他早就可以得手了。但是何梨没有，他始终躺在客厅的那个沙发上，做着一个合格恋人应该做的一切。

就这样，苹果睡着了。

今夜又是暴雨，待到暴雨停止，道路上水漫金山。此时夜色阑珊，点点灯火弥漫上来，颇有点江边渔火的味道。

何梨靠在床边，看着面前这个自己爱恋的女人，想着俩人纠结且没有出路的爱情，潮红的霓虹渐渐向天边隐去，就像何梨烦躁不已的心情。何梨在想，自己要不要给苹果坦白？坦白后，会不会失去苹果？

此时心绪烦乱的何梨拿过了苹果的手机，他不停地翻查着什么，随后又放下了。接着他把自己所有坦白的话都录在了苹果的手机里，他知道如果老天有眼，苹果一定会看到……

由于何梨一直开着一盏小灯，这间卧室里的蚊子很多，为了能让疲惫劳累的苹果睡个好觉，何梨一晚上起来了七八次之多，不停地给投币空调机里投币。当苹果一觉醒来，发现何梨起身正在投币时，她的眼泪毫无防备地流了下来。

“原来你一晚上都没睡啊……”

窗外的夜色悠然静谧，像清风刚刚拂过冒出绿芽的竹林，周遭都湿漉漉的，但苹果的心却是暖的，一种抛却喧哗的温暖。

第九节

可是第二天早上无独有偶，苹果独自回家的那一刻挎包被小偷给抢了，包里的钱包和手机都丢了。

当晚，何梨得知苹果的手机被偷，反应非常大，拉着苹果就去派出所报案。

没想到派出所拥堵了很多来报警的人，这一带很多人家里都遭了窃，是连环作案。何梨顾不了那么多了，拨开人群就往里冲，苹果倒是显得淡定很多，她说自己包里除了手机没有多少现金，而且手机本来就打算换了，告诉何梨要不就算了，别折腾了。

可是何梨不依不饶，对着警察一通跳脚，结果派出所赶紧把苹果的失窃案做了登记和备案。就在这时苹果听到人群里一个外国男人的声音在说自己的电话号码，139 开头，139xxxxxxxx，苹果听到这个号码突然一愣，突然觉得非常熟悉。没错！这是那个匿名电话的号码！那 11 位数字苹果都可以倒背如流，就是它！

苹果拨开人堆冲上去，可是却什么也没有，问警察刚才那个外国男人呢？警察说录完口供离开了呀！苹果发疯似的冲出去，结果什么也没发现，难道是自己出现幻觉了？

何梨也追出来了，连忙问发生了什么事？这时苹果不想隐瞒，一五一十说了那个匿名电话的事，说骆北死后她接到了一个匿名电话……

何梨听完，大吃一惊！何梨吓死了，难道是骆北的鬼魂报信来了？何梨让苹果把匿名电话给他，他负责去查，苹果信任何梨，便告知了电话。这晚何梨并没有睡好，他感觉到机票里的秘密即将被揭穿。

费利在麦琪琪精心的训练下，终于练出了一身腱子肉，也精通了一套拳脚。这天他再次向那个“N线女演员”求爱了，结果女演员的众多追求者再次蜂拥而上挑衅费利，费利也不示弱，拿出一套漂亮的拳脚克敌，最终打败了所有的追求者。

那天“N线女演员”的新戏发布会上，费利非常卖力，他准备了四套方案，一个是捧着徐志摩的诗朗诵《再别康桥》；一个是尽情展现自己的八块腹肌的微电影；还有一个是自己的“飓风腿”表演秀；最后是定做了一艘20万元人民币编织的泰坦尼克号。当他拿着这些上去求婚的时候，全场都惊呆了。但是他很快发现“N线女演员”还是对泰坦尼克号更感兴趣，费利顿时觉得索然无味，此刻练了三个月拳脚的他觉得自己很无聊，很恶心，简直就像一群渣男一样在践踏自己宝贵的人生！

看着“N 线女演员”五体投地和迎合温顺的目光，费利不知从哪儿来的无名火，一拳把 20 万人民币做的泰坦尼克号击的粉碎。顷刻间，那个“N 线女演员”和那些曾经打过自己的运动员男朋友们个个蜂拥而至，跪地抢夺，场面不堪……

费利毫不犹豫地离开了，头也不回。麦琪琪在后面一个劲儿喊他，“费利，费利，你已经赢得女神心了，干嘛走掉？！”

费利突然转身，目不转睛地盯着麦琪琪看，然后一字一句地说，“当真正的胜利来临之后，我却发现这并不是我想要的东西，我厌烦了那些美女的乖巧和迎合，我喜欢你的刺头，我喜欢你的叫嚣，我喜欢你的疾如风、坐如钟，我喜欢你的少的可怜的女人味……”

天啊，费利爱上麦琪琪了！麦琪琪被费利团团抱住，挣扎不得。这三个月费利的武功高涨，麦琪琪已经无力反击，只能束手就擒了。

那个月色下，麦琪琪就这样被帅气的费利紧紧抱住，一动不动……

宋天鹅在筹备自己婚礼的同时，也不忘给骆南找媳妇儿。

她托了很多人忙里忙外，恨不得骆南的婚礼能跟自己的婚礼一起举行。这天有个阿姨给骆南物色了一位美女，宋天鹅一看到照片就喜欢的要死，樱桃嘴，大眼睛，身材高挑，气质出众。但宋天鹅一听是航空公司的，就有点打退堂鼓，她对航空公司非常敏感，骆北就是死于空难，她觉得这辈子还是离飞机远点。

可是媒婆那张嘴非常诱人，能说会道的她一会功夫就把宋天鹅绕进去了，她说那姑娘家里非常有钱，父母都是知识分子，很多大学的客座教授，这年头文化就是力量，将来孩子的教育不用发愁了……宋天鹅一听，喜上眉梢，合着我们家骆南也可以继承一份财产啊！于是宋天鹅就答应下来了，谁料骆南对相亲这事根本不买账，一点面子也不给妈妈，把宋天鹅气的够呛。

第十节

苹果的手机丢了，又买了一部新的，可是何梨却开心不起来，他发动所有线索发誓要找到那部手机，苹果对于何梨的举动非常不解。

这天晚上，何梨再次来到苹果的家，来向她汇报寻找手机的结果，可是苹果心不在焉。这时骆南来敲门，当他看到何梨的存在后，立刻黑了一张脸质问对方，“你准备晚上也留宿这里吗？”

何梨心烦意乱，于是回答是的。

骆南彻底恼火了，他把苹果拉到一边，告诫对方何梨是个骗子，千万不要和他上床。

这句话彻底激怒了何梨，他把骆南推搡出门外，一股冲动直接把苹果抱了起来。

窗外，一团棉絮似的白云遮住了月亮，有飒飒风声掠过，湿淋淋的树叶闪烁着点点磷光，迷离的花香点缀着夜景，此刻的俩人很是紧张。

在关上门的那一刻，何梨用尽了全身的力气，把苹果逼在了墙面上，他发疯似的吻着对方的眼睛、鼻子、睫毛和嘴唇。

苹果热烈地回应着，大概这些日子以来经受的痛楚和等待也折磨得她快要崩溃了。

这个沉沉的吻点燃了两人压抑已久的情欲，俩人均感觉最近的日子有种说不出的怪异，好像一只无形的手操控了他们的生活。苹果闭上了眼睛，她感觉自己被人抱到了一个海面上，她感觉到有带刺的胡茬轻扎她的脖颈，时而蜻蜓点水，时而遒劲有力。她沉醉其中，每一个指尖的细胞都洋溢着舞曲。

夜风柔媚如水，空气中飘起了暧昧的紫色，今天是苹果的生日，可是她谁也没说。

突然，有一双大手扳过了她的柳肩，一股热气扑面而来。苹果的眸子里有一点未褪尽的婴儿蓝，泪光蓝，雨夜蓝，珍珠蓝，海汪汪的，纯澈见底……望着这双眼睛，何梨义无反顾地吻了下去，那吻急促澎湃，好像涨潮的钱塘江水。

当爱如潮水袭来的时候，她又能逃到哪儿去呢？生命如同一场圆舞曲，转过一场又一场，有一种爱注定会婉转而来。他用炽烈的唇吻着她，他的舌头似一条思春的小蛇，摇曳着身姿，游进了苹果的心里，她听到他轻轻地说："苹果，我爱你。"

那一夜，苹果渴望被这个健硕黝黑的男人征服，她渴望被这种温暖又激情的气息包围，30 年来，无时无刻不再等待这一刻。

茶几上有一株亭亭玉立的山茶花，小小的花蕊像白色的云絮，静静地停泊在一片碧绿之上，在安静的氛围里，倾听花开的声音。

在这个秋风沉醉的夜里，天空寂静辽阔，星光闪烁着钻石般的晶莹，房间里飘起淡淡的花香，外面是一轮美丽的红月亮。此时的何梨脱得只剩下手表了，他带有表带的手滑过了苹果的乳房，一股沁人心脾的薄凉停在了她的乳尖。接着他抱过了这个令他发狂的女人，缓缓向大海深处沉去。

他们在诺大的床上，像两尾相互取暖的鱼，在尖叫中不停地游荡，仿佛随着潮水的波浪要飘向自由的天堂。无数次的激情爱抚中，何梨变成了一个痴迷于大海的水手，只有暴风雨和阳光交织无常的海面，才是他贪恋的地方。

“爱是挣扎，爱是优雅，爱是对话，如此伟大；爱是责骂，爱很复杂，爱是惩罚，让人惧怕……落幕，灯亮，人潮，相爱。请记住，当爱来临的时候，务必温柔相待……”

苹果决定像一只孔雀，向何梨展开华丽而绚烂的翅膀，他的酷烈，他的激情，让苹果感觉到空气中飘起了爱情的味道。

此刻她的心含苞待放，她的灵魂和身体被洞穿了，一览无余地盛放在他身下，开到荼靡。

今晚的夜色，醉美撩人，迟来的爱火将他们层层席卷……

远方的树木在浓墨似的夜景中神秘巍峨，天空中偶尔有惊鸟掠过，这个夜，华美宁静，值得永远铭记珍藏。

然后这个晚上，骆南一夜未眠，他从阳台上看到苹果的窗帘在夜风中吹动，他知道自己和苹果无缘了。

无独有偶，费利这些天也没闲着，他和麦琪琪相爱后，看着何梨和苹果双进双出的样子，彻底改变了自己的态度，改成给落单的骆南介绍对象了。这天他拿着一张女孩照片找到骆南，骆南看到照片后哭笑不得，怎么是同一个姑娘呀！此刻的骆南心态发生了变化，说是想报复苹果也好，说是想忘掉苹果也好，这缘分来得可真巧，得，那就见见面吧！

这个姑娘叫陆小菲，是航空公司的售票员，骆南与陆小菲的见面约在一家高档的咖啡馆，宋天鹅为了这次相亲，可是下了血本，从头到脚给骆南收拾一新。陆小菲见到骆南的第一面，就说有点眼熟，但想不起来在哪里见过，骆南以为这是美女撩汉的开场白，风趣一笑，没有答话。但是整个过程中，陆小菲一直盯着骆南看，为了不造成误会，她并没有死缠烂打，而是立马转移了话题。

这天相亲，费利、麦琪琪、宋天鹅、刘上帝都去了，两拨人互不相扰，同时在暗中监视着骆南和陆小菲的一举一动，好像两人聊得还挺投机。

宋天鹅心急心切，看到这阵势直接上前邀请陆小菲参加自己的婚礼，对方觉得太唐突了，一个劲儿道谢，连骆南也觉得自己妈妈失礼了，最终陆小菲很得体地答应了，并没有驳宋天鹅的面子。

骆南与陆小菲聊得虽然投机，但是骆南心里有苹果，他不会对其他女人动心，骆南也很坦承，把自己的真实情况如实告诉了陆小菲，说自己是家里被迫相亲， 没想到陆小菲哈哈大笑，因为她也是家里被迫相亲，陆小菲说自己之前告吹的男朋友是个酒吧歌手，由于家里不同意，非得要出来相亲……两人的同病相怜倒是让双方都轻松了不少，看得出来二人并不反感对方。

临别时刻，陆小菲用隐蔽的手法快速用手机给骆南拍了一张照片，她隐隐约约觉得这个男人很熟悉，在哪里见过可是就是想不起来了。

唯恐天下不乱的宋天鹅也用手机录下了骆南和陆小菲相

亲时愉悦的画面，并且发给了苹果，目的是让苹果死心。谁料苹果收到后，一点不吃醋，反而送上祝福。此刻苹果正在韩餐厅内工作，于是和叶醉一起分享这个喜讯，可是叶醉看到这个视频，内心咯噔一声：“这不是我以前航空公司的同事陆小菲吗？”

第五章

大西洋海底的鱼骨项链

何梨耳边响起了这首歌曲："爱是挣扎，爱是优雅，爱是对话，如此伟大；爱是责骂，爱很复杂，爱是惩罚，让人惧怕……落幕，灯亮，人潮，相爱。请记住，当爱来临的时候，务必温柔相待……"

"前妻俱乐部"韩餐厅又重新开张了，何梨将之改名"真爱俱乐部"，他和苹果都倾注了真心。这里新开了许多包间，苹果亲自担当设计师，纸婚，棉婚，木婚，皮婚，银婚，金婚，钻石婚，这一个个蕴意深长的包间名字，代表了俩人对长久婚姻的祝福。他们希望，他们身边所有经历过婚姻之苦的人可以得到真正的婚姻之乐。何梨会把这个韩餐厅一直开下去，让那些不愿踏入围城，或不断踏入围城的人在这里止步，在这里疗伤，在这里找到爱……

第一节

骆南妈和刘上帝的婚礼终于如约在海洋大酒店举行了。这天，作为新娘子的宋天鹅穿了一身洁白的婚纱，这套婚纱很昂贵，裸胸的胸前镶了一圈施华洛世奇的水晶，璀璨晶莹。

按理说，二婚应该穿粉红色的婚纱，可是骆南妈不同意，她说自己必须穿白色的。因为自己叫宋天鹅，自己是高贵的白天鹅呀！于是刘上帝就不再发表意见了，由着性子地让她折腾。

今天是宋天鹅的大婚宴，所有人都来了，苹果、何梨、叶醉、冯传奇、费利、麦琪、何梨妈、麦大可，连陆小菲也来了，整个场面热闹极了。

婚礼上很多漂亮的女孩，费利看得眼睛都直了，麦琪琪一旁提醒他，再看就把他眼珠子挤出来当球踢，费利赶紧收敛。

冯传奇曾经做生意是个风云人物，所以这里面的许多人他都认识，他的性格也很豪放，今天叶醉打扮得很漂亮，一袭黑白格相间的长裙衬出了她身材的高挑。许多羡慕嫉妒恨的生意伙伴前来给冯传奇打招呼，一开口便是："传奇，你怎么天天换女人啊，我想换个伙计都很难！"冯传奇哈哈大笑，潇洒地不去理会。

今天，苹果穿了一件湖绿色的鹅绒丝缎旗袍，其实她买了很久，却一直没有机会穿过，今天刚好派上用场。苹果的那张脸没有叶醉奔放，她有种古典美，此刻那张古典而匀净的脸，远远望去，美得惊人。

旗袍很精致，行云流水的裁剪，含蓄性感的腰身，胸口盛开一朵玉兰花，溢着檀木香，使她的周身充满一种隽永典雅的东方韵味。华丽的边线，精巧的盘扣，似飞来一只蜻蜓，轻轻点起苹果心底那一圈温柔的涟漪。今天的苹果，同时让何梨和骆南一起在注视中走神了……

此时爆竹声频频爆响起来，大厅洋溢着一派喜庆的气氛。

今天的酒店甚为气派，但是酒桌的饭菜却不敢恭维。白酒，红酒，啤酒，无一不酸，全部是掺假产品；端上来的鱼，像海军陆战队，已经登陆好几天了；肉像潜水艇的士兵，被海水都泡的发白了；水发的木耳根本没有淘洗干净，上来的海鲜汤里竟然发现了头发……这家酒店的菜品实在太过滥竽充数，宾客们吃得怨声载道。

这年头越大的牌子，越是深不见底的陷阱。对于骆南妈这样的生意人，结婚也是一笔大生意，所以她当然要精打细算。

你想啊，所有的来宾都要出份子，一个人最少一千元，那么一桌就是一万，可一桌菜本金才一千，那么骆南妈一桌就能赚九千，这可比卖家具赚钱快多了。

“这个宋天鹅结个婚也这么抠门，和着自己吃不到嘴里，就乱省钱；自己能穿到身上的，就瞎花钱，这也精过头了吧，拿我们当傻子耍？！”何梨妈一边吃着菜一边骂着，敢情就没什么好词从她嘴里蹦出来，麦大可只能一脸无奈地陪着身旁。

这也难怪，因为何梨妈和麦大可再婚并没有办酒，按她的话说，她还比较要面子，而宋天鹅是一个什么都豁得出去的主儿。这年头人们的压力不是来自贫困的压力，而是贫富差距分化带来的压力。论实力，何梨妈确实没法和宋天鹅相提并论。

苹果看着化妆后漂亮的宋天鹅，反而有些羡慕，一把年纪了还勇于追求自己的爱情，能从白发人送黑发人的痛苦中走出来，也真替准婆婆高兴。

这边厢，陆小菲一眼就看到了叶醉，两人都是航空公司的同事，于是她走过去跟叶醉打招呼。叶醉此时也大方介绍自己的男友冯传奇给对方认识，陆小菲打量着冯传奇，偷偷说叶醉换口味了，这个熟男和以前那个大络腮胡有艺术气质的男友完全是两个类型……叶醉急忙打断了陆小菲的话，示意对方不要提以前的事。叶醉在骆北出事后就辞职了，并没有跟同事说过自己男友空难死了，可是这种事根本藏不住，航空公司一些同事也知道了骆北是替死鬼的内幕。

就在此时，骆南走了过来，准备给叶醉介绍自己的朋友陆小菲时，陆小菲看着叶醉和骆南站在一起的画面突然想起了什么，她恍然大悟冲着叶醉喊了一句——“你前男友不会是骆南吧？”

叶醉赶紧打岔，说不是一个人，拉着陆小菲就走。陆小菲说，“难怪我第一眼看骆南总觉得眼熟，看到你才想起来，明明就和你前男友长得一模一样啊，当时你还把你们的合影放办公桌上，我老说你秀恩爱，死得快，看吧，显灵了吧……”叶醉赶紧回，“是是是，你是陆半仙，你别多嘴了，我现在的男朋友不喜欢听到这些……”可是当叶醉一转身，惊讶地发现骆南站在自己身后。

叶醉紧张地汗都出来了，没想到骆南大方笑笑，说这个世界上长得像的人很多，他和他死去的哥哥是双胞胎。

陆小菲一听对方哥哥死了，完全对上号了，没错，叶醉的前男友空难死了。于是陆小菲一下子来精神了，赶忙问是不是一个导演？骆南吃惊地点头，陆小菲紧接着来了一句，“不会吧，你哥哥竟然是那个替死鬼？他是跟人换了机票才死的，好像那个跟他换机票的人——叫何梨！”骆南听到这句话大吃一惊，他语无伦次地跟对方确认：“何仙姑的何？鸭梨的梨？”陆小菲说：“没错，就是这个名字。”叶醉听到这句话内心咯噔一声，感觉世界大战要爆发了。

好在何梨、苹果、费利、麦琪琪、何梨妈、麦大可都在典礼台下坐着，大家都热热闹闹地盯着台上的新郎新娘，一个劲儿送上祝福。此刻的宋天鹅和刘上帝迎来了人生中最浪漫最幸福的时刻，两人正在司仪的主持下进行人生最重要最甜蜜的宣誓——我愿意！

可是谁也没有料到此时的骆南像一头发疯的狮子一样，冲到典礼台最近的那桌，拎起何梨的脖领子挥拳就打。拳头像雨点一样落在何梨的眼睛上、鼻子上、嘴唇上，瞬间就面目全非，何梨根本不知所措，压根没有招架之力。众人全部看傻了，不知道骆南为什么对何梨发难，可是苹果、费利、冯传奇、叶醉几个人一块上去劝阻，都无济于事，骆南依然像一头咆哮的狮子一样冲着何梨怒吼：“你是不是为了抢到苹果，故意出让的那张机票？目的就是害死我哥，你独享胜果！”“你今天要是不说清楚和我哥换机票的事，我就把你打死在这里！”

众人听到骆南的这些话，全部愕然。苹果更是惊诧，完全像冰冻人一样呆住。

叶醉看到这场面，知道何梨“出让机票”的隐秘彻底被揭穿！这曾是她朝思暮想的画面，可是此刻她却不想让其上演。叶醉怒不可遏地瞪着陆小菲，要不是这个长舌妇，情况也不会如此糟糕！可此时的陆小菲知道自己闯了大祸，早就逃之夭夭了。

此刻苹果的眼睛里含满了泪水，她缓缓走到何梨面前，一字一句地问他：“真的是你把你的机票让给骆北的？”何梨无奈点头。苹果接着问：“那你真的是为了得到我，故意这样做的？”何梨否认，可是骆南再也不想看这个猥琐男撒谎了，此刻又打过来一拳。何梨根本招架不住，鲜血顺着他的嘴角流下来，看得叶醉肝肠寸断。

宋天鹅疯了，一把扯下自己头上的头纱，冲过来揪住何梨不放，“你这个王八蛋，原来我儿子是被你害死的！原来我儿子是拿了你的机票才死的！”宋天鹅歇斯底里地向何梨发难，何梨一点没还手。

“怎么说呢，骆北的死自己确实有不可推卸的责任。但是所有人都指责自己是处心积虑，故意设陷阱，这真是太悲哀了。”此时的何梨感觉自己掉进了一个巨大的冰洞，四周冰冷的海水将自己彻底淹没。

这场婚礼把何梨钉在一个历史的耻辱柱上，所有的人都来指责他，教训他，辱骂他，攻击他，只有一个人知道他是冤枉的，就是叶醉。

此刻的叶醉再也忍不住了，她决定站出来替何梨澄清。叶醉深情地看了冯传奇一眼，结果对方给了她一个赞许的笑容。冯传奇这个人饱经风霜，虽然他从没有问过叶醉的前史，但是他觉得对方是个有故事的女人。如果叶醉要做什么，他会第一时间支持她，因为他喜欢这个女人骨子里的桀骜不驯和某种勇敢的东西，叶醉获得了力量，于是走上前打断了骆南的嚣张。

叶醉看着所有人，然后一字一句的强调，“事情不是这样的，何梨他——”

此刻的何梨虽然四面楚歌，形象扫地，但是思维并不乱，他不能允许叶醉不光彩的身份曝光，自己努力了这么久，不就是不想让这两个女人成为仇敌嘛！再说骆北已经死了，这件事情已经过去了，有些事情不必非要知道真相！而且叶醉已经开始了新生活，并且有了腹中的胎儿，这位妈妈应该是被人祝福的，而不是被人指责的。

何梨抢前一步捂住了叶醉的嘴，然后示意冯传奇强拉硬拽地把叶醉拉出了婚礼现场。由于众人还陷在这个重磅炸弹曝光的愤怒中，谁也没有去细想叶醉刚才的举动。

气氛再次陷入了绝望和哀伤中，此刻的何梨希望跟苹果解释一切，但是苹果义正言辞地拒绝了。麦琪琪看不下去，她真想把真相一吐为快，于是冲着苹果怒吼了一句，“我哥所做的一切都是因为你！”

苹果震惊，怒吼说：“如果何梨害死骆北就是因为爱我，那我情愿不要这段卑鄙的感情！”苹果的这句话彻底把何梨打入死牢，何梨再次上前挽留，谁料被苹果狠狠打了一耳光，“我们从此一刀两断！”

望着苹果绝绝而去的背影，麦琪琪知道自己的大嘴巴又闯祸了。费利上前安慰麦琪琪，两人先行离开了。

婚礼现场被宋天鹅和骆南砸得一片狼藉，所有的嘉宾都退场了，只留下欲哭无泪的何梨和那首极具讽刺性的《婚礼进行曲》……

第一节

这个世上本没有大惊小怪的事，只有大惊小怪的人。

这一刻，何梨感觉从遥远的旷野传来一声声枪响，一发发子弹穿过他的胸膛，疼痛冰凉。他的身体踉跄了一下，差点摔倒，此时婚礼的喧闹已经慢慢退却，只剩下残羹冷炙和那些滑稽不堪的笑脸。

何梨的面前早已没有了熟悉的人，苹果早就不知了踪影，骆南更是销声匿迹了。何梨记得叶醉是最后一个走的，她走的时候一直在注视着何梨，那目光极为复杂，伤感、悲痛、纠结、紧张，似乎一个女人应该做母亲前的欣喜，一丝也看不到。大概叶醉此时的心情只有何梨一个人知道，而何梨所受的屈辱也只有叶醉一个人知晓。

苹果也许永远都不会知道，叶醉就是那个女人，就是那个出现在骆北 U 盘上的女人，虽然这中间有很多机会穿帮，但是有何梨这个热心的救火员在，两人并不知道彼此的秘密。苹果忙前忙后帮助的这个女人，其实也在潜移默化地帮助她。人世间很多人没必要做仇人，就像很多事没必要知道真相一样，如果真相无法到达，那希望它永远不要有彼岸。这个不见，是最好的相见。这个不知，是最好的相知。

哎，这纠结又让人恼火的生活。

这时一双女人的手搭在了何梨的肩上，并轻轻抚摸何梨的头发，何梨心里一惊，以为是苹果回来了，他努力睁开眼睛寻找，却看到了一张麦琪琪的脸。

原来是麦琪琪来看望何梨了。“梨哥，我们回家吧。”

“琪琪，谢谢你。”何梨虚弱地说着，任由对方搀扶着走出酒店大厅。曾几何时，何梨非常讨厌这个妹妹，觉得她快嘴多舌，惹人心烦，但此时他才觉得麦琪琪是如此温暖，她是个好妹妹，只是自己不懂欣赏。可是此刻何梨不想走，他说自己想一个人静静，于是麦琪琪先离开了……

其实叶醉是整个事件的原罪，其实她是不折不扣的起始者，其实这一切都要源于她和骆北的婚外恋，其实何梨是阴差阳错被无辜卷进来的。如果有一个人站出来为他正名，他就不会被人们唾弃，也就不会失去苹果，更不会成为被骆南永久打入死牢的仇人……

每个人都有一颗假意的灵魂，每个人都有一张私欲的画皮，每个人内心都有一个欲望的心魔，在触及利益的那一刻来临时，很难说每个人都可以做的那么无私，那么磊落。

他们在彼此心上划下了深深的伤痕。何梨，是无意的；骆南，是刻意的。

第二节

此时的叶醉被冯传奇抱到了车上，可是叶醉的情绪非常激动，她显然受到了惊吓。要不是何梨，自己刚才不光彩的身份就要曝光了，自己真的考虑好了吗？自己真的可以接受苹果的辱骂和指责吗？况且自己刚刚怀孕，她不希望自己的孩子一生下来就会被别的孩子耻笑。叶醉想到这一切都快出不来气了……

冯传奇一边照顾叶醉，一边安慰她。这个男人饱经风霜，他看着叶醉，叶醉的心在他的注视里一点点融化。于是，此刻的叶醉一五一十说出了自己和苹果的关系以及何梨身上的全部故事。

冯传奇听完并没有感觉惊讶，他说叶醉应该感谢何梨，要不是刚才何梨的“见义勇为”，叶醉可真的要狼狈不堪了，何梨是个不折不扣的无名英雄！

冯传奇说，以前他就有怀疑，自从韩餐厅着火后，叶醉狠狠敲了苹果一笔，从叶醉的态度来看，她并没有把苹果当“闺蜜”。但无论什么原因，他都会跟叶醉在一起，因为叶醉是他的女人，他相信他的女人有一天会主动坦白这一切。叶醉没想到冯传奇这么练达，她的内心涌过一股暖流，她发疯似得亲吻着这个男人，她的内心她的灵魂此刻属于这个男人。

这叶醉突然想去帮何梨收拾残局，她知道此刻何梨的爱情已经鸡飞蛋打了，人格也遭到了重度攻击，现在无疑是他人生最灰暗的时刻，冯传奇严重同意。

于是叶醉和冯传奇再次回到了婚礼现场，他们两人去安慰已经沮丧颓废的何梨。这时何梨才告诉两人，说自己其实早就给苹果坦白了，但是那段坦白视频录在苹果手机里了，而手机被小偷偷了。

叶醉一听马上来劲儿了，说现在就去找苹果解释去，冯传奇说现在他就去找公安局的朋友，帮忙找着那个小偷，看得出叶醉发誓要让何梨重拾爱情。

这边厢，宋天鹅的婚礼因为“何梨出让机票，害死骆北”的事变成了悲剧，宋天鹅在婚礼上刺激过度，中风了！刘上帝还没跟心上人享受洞房花烛夜，就直接奔到医院享受病房的陪床夜了。

骆南火速赶到了医院，看着病床上妈妈口歪眼斜的样子，他恨不得杀了何梨。医生告诉骆南，宋天鹅受了强烈刺激，这段时间一定要静心修养，不能再受到任何刺激了。骆南谨记于心，发誓和刘上帝一起好好照顾妈妈。

何梨妈也在婚礼现场，儿子捅了这么大篓子，当妈的心里也不好受。虽然她很厌烦宋天鹅，可是当她听说对方中风住院了后，还是和麦大可双双来到了医院探望，并主动提出护理。

刘上帝一见面就直接跟两人谈护理费，可是何梨妈不要，说自己不是一个干什么事都得谈钱的人。这件事儿子做的有失误，那么当妈的有责任帮他尽义务，麦大可在一旁也连连点头。病床上的宋天鹅流泪了，她没想到自己最落魄的时刻，这两个自己最讨厌的人并没有取笑自己，反而要帮助自己。

当天晚上，叶醉陪着何梨去了苹果家，可是苹果就是不开门。何梨隔着门说自己不是有心隐瞒，自己已经把坦白视频录在苹果的手机里了，谁知苹果的手机被人偷了。没想到苹果一开门上来就给何梨一通训斥，“到这个时候了你还撒这么无耻的谎！”何梨说“我没撒谎。”苹果问谁可以证明，叶醉义无反顾地站出来了，说自己可以证明，而且发誓就是挖地三尺也要帮何梨找回这部手机。

可是今天的苹果并不买账，她说，“你肯定不是第一天认识骆北的？你也肯定不是第一天打我的主意的？你憎恨骆北是由来已久的！所以你出让机票的计划也是蓄谋已久的！”没想到此刻的何梨也竹筒倒豆子一吐为快，他承认他早就抄留了骆北的手机号，他早就见过这个男人的照片，他早就嫉妒这个男人，甚至在空难的那天早上，他还跑去因为苹果的事跟骆北打了一架。

苹果听完气都不打一处来，她痛恨自己怎么会爱上何梨这么一个卑鄙的男人！正在这时，骆南从医院回来了，他也听到了这句话。结果因为妈妈的中风住院，再加上何梨的处心积虑和道貌岸然，骆南再次把何梨修理了一顿。何梨浑身每一块好地方，像一个被火车压扁的肉粽子。

叶醉由于怀有身孕，实在无法给两个男人拉架，只得看着何梨甘拜下风。最终骆南进了苹果的家，安慰受伤的苹果去了。那个晚上苹果悲痛欲绝，说自己以前错了，不应该对骆南那些好意警告的话无动于衷。

何梨看见骆南把苹果家的大门关上的那一刻，心彻底碎了。

更心碎的是叶醉，她简直想把自己给剁了。自己为什么要把房子租给骆南呀，现在可好，何梨遍体鳞伤还要看着骆南和苹果秀恩爱，自己简直是助纣为虐！

一切都结束了，骆南横亘在何梨的面前，像一座大山一样堵在他和苹果之间，让他再也看不见苹果的身影。最终，何梨拖着笨拙又疲惫的身躯离开了苹果的家；最终，何梨还是没说出真实的情况。他不能说，也没法说，他不是一个残酷又自私的人，也不是一个愤怒且无情的人，所以没办法说出那些真实的故事，因为，因为那个女人已经够苦了。

这个夜晚，何梨从苹果的记忆里消失了，而且是永久消失了……

夜色中的城市静谧安详，此时已过了午夜，喧嚣一点点淡去，露出了暮色的苍茫，好似一个卸了妆的美女，本色中有着清秀无敌的韵致。天空被冰冷孤寂的月色隔出了一道银河，闪着苍白的光，看得人凄凉、落寞，无不伤感。

第三节

叶醉异常沮丧又气鼓鼓地回家了，冯传奇在那张挥洒着他们汗水和激情的床上等着她。叶醉躺在冯传奇的怀抱里问：“我是个坏女人吗？”冯传奇说：“如果你是坏女人，那你就不会好几次都把自己关起来哭成泪人，你一定也有自己心里过不去的坎……”

这一句话说到叶醉心头上了，叶醉紧紧地抱着冯传奇。冯传奇握着叶醉的手说：“我们结婚吧，我们马上举行婚礼，你是我的妻子，跟骆北跟苹果他们都没有关系，你是我的女人……而我就是上帝派来保护你的天使。”

叶醉感动极了，眼泪不争气地流下来，她答应了冯传奇的求婚，但是她有一个前提，就是必须帮何梨重拾苹果的爱情，她要把骆南踢出那套房子！

那晚何梨离开后，骆南借口买烟，追了下去。骆南追下去并不是为了安慰何梨，而是去跟何梨澄清一件事情。用骆南的话说，自己是一个绝不做龌龊事的人。换而言之，自己是一个敢作敢当的人。

“等一下，我有话对你说。”骆南拦住何梨去路。

“你还有什么要说的？刚才你还没表演完吗？”此时的两个男人已经狭路相逢，剑拔弩张了。

“想必你此时心情很不好，我也不想和你计较，总之我是一个从不占别人便宜的人。我现在告诉你，我并没有把你偷手链的行为告诉苹果。”骆南的话，让何梨一怔。

“那我谢谢你，你是个光明磊落的好人？！”何梨讽刺对方。

“站住，你欺骗了苹果的感情，你还没向她道歉。”骆南追过来，再次堵住了他的路。

何梨没有回答，继续向前走。

“你们上床了，是吗？”

何梨没有回答，继续向前走。

“她那么一个可怜又本分的女人，你怎么忍心去玩弄她？！”骆南挡住何梨的去路，朝他怒吼。

何梨没有回答，继续向前走。

“混蛋，你给我站住！”骆南用手卡住了何梨的脖子。

“我没有玩弄她，我喜欢她，并且爱她，这是事实！”何梨转身，满脸是泪，瞬间也朝骆南怒吼起来。

“爱她？！你有资格爱她吗？你配说‘爱’字吗？！你

根本就是一个没资格谈爱的人！”骆南一记重拳打在了何梨的眼睛上，何梨顿时眼冒金星。

“混蛋！你们骆家都是混蛋！”何梨在黑暗中挥舞着拳头，反击着。他内心深处一直在纠结着，还要不要替骆北的私情隐瞒下去。

“好，你个混蛋，敢骂我哥哥，我今天就替我哥来教训你——”骆南挥拳，再次击中了何梨的右眼。

“这一拳，我替苹果不值；这一拳，我替我哥来讨债；这一拳，我代表我自己来讨伐你！你这个骗子！流氓！小丑！王八蛋！”骆南的拳头像冰雹一样，呼啸着纷涌而至。何梨不是他的对手，身体渐渐软了下去，一张嘴可怜地张着，口腔里面充满了鲜红的血迹……

你挨得住多深的诋毁，就经得住多大的赞美。那时候的何梨并不知道这句话，更不知道这句话里面的含义。

他只觉得那天晚上，自己躺在街头非常冷，虽然是夏夜，但确是彻骨的寒冷。何梨感觉自己像刚从冰窖里走出来那么冷，四周结满了冰碴子，稍不留神，这些冰碴子就会扎破他的胃，他的肝，他的五脏六腑。他现在除了疼痛只有疼痛，对生活的疼痛，对亲人的疼痛，对人生的疼痛，对爱情的疼痛……

何梨抬头望天，夜幕低垂，黝黑黝黑，没有一丝光亮。他下意识找到一支烟，点燃，深吸了一口，谁料这一口烟一下子呛进了他的五脏六腑里去。那些五脏六腑原本就被冰渣子戳的是千疮百孔，这下又被尼古丁蹂躏，一下子彻底发作，疯狂地厮打起来。何梨疼得蜷缩在地，咳嗽不止……

费利和麦琪琪相爱后，被对方调教得服服帖帖，先是扔了《花花公子》的杂志，然后撕了林志玲的海报，接着又洗掉了自己的豹子纹身，随后又在麦琪琪的建议下理了一个学生头，那个剃青的刺头富二代不见了，取而代之的是一个文静白皙的小鲜肉书生。费利还修改了自己“活到老，泡到老”的人生信条，变为“活到老，爱到老”。

但是这一切，麦琪琪说还不够，还要再考验他半年，看他是不是真的对美女有了戒心……

第四节

何梨和苹果就这么结束了，再也不可能有转机和新的开始了。骆南代替了何梨的位置，每天晚上准备出现在苹果的新家，替她驱赶恐惧和寂寞，虽然两人并无太多交流的话，但是这个场面，让骆南甚为满足。

苹果不再出现在韩餐厅，何梨把“前妻俱乐部”餐厅重新装修了一下，也重新设计了主题定位，定位为一家释放心灵的休闲场所，不管你是不是有故事的人，不管你的婚姻和感情是否出现了问题，你都可以进来坐坐，喝喝茶，聊聊天，认识一些新朋友，开拓一些新视野。你别说这个小小的变化，让何梨的会馆生意暴增。许多婚姻有问题的，离婚后悔了的，怀念前妻的，感觉对不起前妻的人，都会慕名蜂拥到这里坐坐。

何梨也听苹果讲过爱尔兰国家注册结婚的故事，于是他把这故事设计成惟妙惟肖的三维漫画册，供大家翻阅和欣赏。多少人在这套画册面前沉默了，又有多少人捧着这套画册流泪了，他们如痴如醉地给何梨以及身边的朋友讲自己的经历，讲自己的遗憾，讲自己的忏悔，于是听众越来越多，于是顾客越来越稠密，何梨收获了他意想不到的事业高峰。

此时何梨才知道，原来身边这么多人的感情都像自己一样有着波折、起伏、委屈，甚至是无言的仇恨，那么此刻的戏中人最想做的事就是“找个人说说话”。如果自己可以给大家提供这样一个场所，帮大家一个这样的忙，何梨觉得很欣慰，虽然没有可能解开对方的心结，带走他的痛苦，但是这也非常值得。

何梨觉得人生有时候很滑稽，原本自己盘下来这家店，是为了阻止骆北的私情曝光，谁料想却和叶醉成为死敌，又爱上了苹果。如今苹果离他而去，而何梨还要坚强地生活。

骆南此时风头正劲，一直嚷嚷着给苹果开自己的设计师独立工作室，两人双进双出的样子彻底激怒了叶醉。

叶醉看在眼里，恨在心头，绝不肯善罢甘休。这天早上，叶醉就来到骆南家砸门，她没料到骆南从苹果家开门出来了。

叶醉气坏了，这小子不会趁人之危鸠占鹊巢了吧？叶醉警告骆南不要横插一杠子，苹果和何梨之间是有误会的，但是感情没断。骆南不以为然，说自己追求苹果、照顾苹果是自己的权利。叶醉急了，直接坦白说，自己以前强吻何梨，诬陷何梨与自己有一腿都是开玩笑的，根本没有那回事！

但是骆南不愿意相信！是啊，谎言的魅力大过真理。叶醉此时彻头彻尾尝到了被惩罚的滋味。

这时费利探出一个脑袋，给叶醉证明，“南哥昨晚和我喝了一宿，什么也没做啊！”

叶醉还是一肚子气，她命令骆南赶紧搬出自己租给他的房子。谁料骆南也不示弱，拿出合同告诉对方租期是一年，现在没到期。叶醉气坏了，说自己现在不想租了，搬也得搬，不搬也得搬，说着就冲进去准备扔东西。

这时苹果听见吵闹声出来了，她才明白过来，原来骆南租了叶醉的房子。苹果问叶醉为什么自己不住，叶醉哑巴吃黄连，只是说自己现在怀孕了，希望和苹果住邻居这样也好有个照顾，并要求苹果赶紧劝骆南搬家。

可是骆南不依不饶，说这里离妈妈住的医院近，方便照顾，希望叶醉能信守诺言。费利看见三方都很为难，于是一拍大腿直接来了一句，让南哥住我家吧，正好我小姨最近伤心，我真害怕她会自杀，有个人看着也是个好事。

骆南正好借机下台阶，可是叶醉气坏了，她知道费利一直在撮合骆南和苹果。于是为人仗义的叶醉当天晚上就把何梨叫过来一起同住，她非要让何梨和苹果重归于好不可！

这下两套房子可热闹了！叶醉、冯传奇、何梨住在叶醉家，苹果、费利、骆南住在苹果家。几个人不是仇人就是情敌，凑在一起没一天消停过。

出了这件事后，苹果不再去韩餐厅上班了，她给叶醉请假，她说骆南的妈妈中风了，情况很不乐观，自己有义务去照顾。叶醉哑口无言，只得同意。

何梨和叶醉看着骆南和苹果双进双出去医院送饭的样子，沮丧不已。叶醉无时无刻不在给何梨和苹果创造机会，可是骆南也不示弱，他准备向苹果表白，而且告诉苹果自己准备把妈妈的家具店转让经营，接下来会为苹果开一家设计工作室，满足苹果的设计梦。

这些天，宋天鹅的身体很不乐观，苹果精心伺候在病床前，并且替换何梨妈去休息。苹果这个人心地很善良，虽然她认为何梨是个龌龊卑鄙的人，但是他的妈妈是无辜的，苹果依然很尊敬对方，这是苹果高贵的地方。

出了这件事后，何梨也很自责，他也去医院探望了宋天鹅。此时的宋天鹅头上插着管子，嘴里插着呼吸机，样子惨不忍睹，何梨看到这一幕，突然感到自己很罪过，于是自顾自地在对方病床前忏悔起来。

何梨说自己确实嫉妒骆北，而且也知道骆北是个花心的男人，也曾有过不光明的企图和想法，并且还教训过对方，但绝没有故意害死对方的意思。机票的事情完全是一个意外，他并不知道飞机会出事，如果他知道，他宁愿死的人是自己，这样苹果就可以和骆北结婚了！

病房里只有何梨一个人，苹果出去打水了，何梨妈回家休息了，何梨的声音通过一种真挚的情感传递到病房的走廊上。此时打水回来的苹果全部听到了，她的内心非常感慨。

何梨看着对方走进来，知道苹果听到了他的话，于是很内疚地看着她。可是苹果并没有再热烈的举动，两个人就这样缓缓地相互注视着，没有再说话。

这时骆南来送饭，看到何梨的出现非常不满，勒令何梨赶紧离开，这里不欢迎他。何梨沮丧地走了，他的背影让苹果心潮起伏。

今晚，华灯初上的时候，何梨意外地在劳伦斯大厦内碰到了苹果。

劳伦斯大厦的地下一层是一个大超市，品种繁多，货物齐全。由于这里离苹果新家的楼盘不算太远，于是苹果每周末都会集中在这里购一次物，如果平时应急，她会选择楼盘对面的小超市解决。今天苹果想出来散散心，谁料在超市的面包区碰到了何梨。

两个人分别在一个货架的相对两端挑货，透过摆放面包的空隙，俩人彼此看见了对方的眼睛。仅仅是那么一愣，苹果就把视线错开了，何梨赶忙顺着视线追了出去，看到了苹果步履匆匆，前去收款台结账的背影。

“好久不见。”排队的间隙，何梨先打了招呼。

“嗯，好久不见。”苹果应答，看得出她的心也是起伏难平。

“你还好吗？”何梨问。

“嗯。”苹果答。

“那天的事，我——对不起。”何梨愧疚。

“算了，过去了。”苹果怅然若失。

“在——忙什么？”何梨问。

“什么也没忙，在休息。”苹果的话里透出了飘摇的东西。

“你们小区的路灯现在准时开了吗？”何梨问。

“嗯。”苹果违心地回答。

“住户现在入住的多了吗？”何梨问。

“嗯。”苹果再度违心地回答。

这时轮到苹果结账了，何梨看她只买了面包和一瓶花生酱，于是抢先去结账。苹果推让，何梨坚持，于是俩人的东西放在了一个塑料袋里。

何梨拎着塑料袋和苹果走出超市，外面的天已经很黑了。由于骆南在婚礼上抛的重磅炸弹，苹果多少对何梨的关心开始抗拒了。何梨也能察觉，于是自觉地把塑料袋递给对方，说了句“天黑，早点回去吧，记得快点上电梯，并且把门锁好”。

这句话被风吹拂在空气中，久久散不去。那一瞬间，竟然让苹果哽咽了，她接过塑料袋，转身快步离去。

何梨望着她的背影，尤为伤感，想想自己和她可能真的完了。

谁料在苹果转身之后，何梨竟然不舍地回头，他期待苹果能叫住他，可是他回头时，苹果正在以一个落寞的背影朝前走，何梨失望地折回身，也迈动了自己的步伐。

当何梨正在以一个落寞的背影朝前走时，苹果又不舍地回头，她有些失落地望着这个男人的背影，心里生生地怨恨起来，为什么这么决绝地离开，难道都不肯再跟我解释两句吗？

他回头时，她是背影；她回头时，他是背影；这样的回合，像宿命一样上演了三次。最后一次，俩人都同时回头了，但是一辆疾驰而来的汽车无情地挡在了俩人的视线前，谁也看不见谁——只能感觉到对方急促的呼吸和无奈的眼神。

那个夜晚，风声枭劲。终于，何梨克制不住思念叫住了苹果，“苹果，我有话说——”

那辆汽车终于在红灯灭掉后开走了，何梨终于看清了苹果的那张美丽又憔悴的脸，他心痛地奔到她身边，接过了她手中的袋子。

“苹果，对不起，我不该隐瞒那些事，也不该骗你。可是，可是你听我说，其实在我们确立关系的第一个晚上，我就在你手机里存了一段视频，那段视频里有我的告白，我讲述了我心底的这个秘密。我曾对自己说，如果你能看到，然后原谅我，那就是上苍赏赐了我这段爱情；如果你没有看到，那是天意让我们隐藏了这个机票的秘密。可是，可是，我没想到这件出让机票的事情会是骆南率先揭出来的……”

的确，曾经何梨和苹果一起去那家日式的小宾馆，何梨为了使投币空调正常运营，靠在沙发上一晚没睡，他的手里也彻夜拿着苹果的那个手机录下了坦白视频……

何梨的话震耳欲聋，让苹果大为震惊，“什么，你，你在我手机里存了视频？原来确有其事？！”

善良与罪恶，是硬币的两面。

苹果一直觉得何梨不是那种卑鄙龌龊的男人，为什么有这样的感觉，她自己也说不清楚。

“对，我坦白了因为自己出让机票而使骆北丧命的事，虽然那是个意外，也是个巧合，但我觉得你还是应该有知情的权利。”何梨的解释很平静。

如今的事情全部乱了套，如今的结局也是残酷又分裂，所以何梨早就失去了期待谅解的冲动与激动。

“你，你为什么不早说？！你为什么到现在才告诉我？！”苹果涨红了脸，怒吼道。

“我，其实我也有自私的想法，就是期待你永远不要看到这段视频——”何梨惭愧又无奈地解释着。

“可是，可是我的手机被人偷走了——”苹果的眼睛闪现出绝望和痛楚。

何梨眼睛里的绝望更加深刻。

但是生活不会亏待任何一位热爱生活的人。

这边厢，冯传奇一直没有停止苹果手机的寻找。他找到了好几个派出所的好哥们，最后终于抓到了那个偷苹果手机的小偷。苹果的手机找回来了，冯传奇第一时间交给了叶醉。当叶醉看到手机里何梨那段肝肠寸断的坦白视频后，发誓要让苹果和何梨破镜重圆。

今天是苹果的生日，骆南很用心地买了蛋糕，准备今晚向苹果表白。叶醉、冯传奇、何梨早早回家，早就听到对面的房子里欢声笑语，何梨说今天是苹果的生日，可是自己没资格参加了。

叶醉不甘示弱，砸开门说他们三人都要参加，并且还给苹果准备了一份特殊的礼物。当蛋糕切好，蜡烛点亮，生日赞歌唱响的时候，骆南鼓起勇气表白了。

可是叶醉也不是个省油的灯，直接打断了骆南，把苹果手机里那段何梨的坦白视频调了出来。视频中何梨坦白了机票里的秘密，他说原因是自己发现了骆北的私情（但并未提及叶醉的名字），为了保护骆北的这段私情，并且保护苹果不受到伤害，于是何梨做了许多被人误解的事。何梨说如果苹果能看到这段视频，并且原谅了他，则他感谢老天赐予他这么一份可贵的情感；如果苹果有幸没看到它，则说明上天眷顾他的苦心，善待他这份来之不易的感情……

此刻何梨真挚的话语感动了所有人,苹果已经泣不成声，原来这个男人没有骗自己，原来这个男人这么高尚，他做的这一切都是为了隐瞒骆北花心出轨的秘密。

这一刻，大家终于明白了何梨的“龌龊所为”，他“出让机票，买通店主，搞垮生意，偷U盘，藏照片，偷手链，写情书，摔手机，满嘴谎言”，其实都是为了保守骆北的出轨秘密以及保护苹果不受到伤害。

你挨得住多深的诋毁，就经得住多大的赞美，何梨无疑是一个不折不扣高尚的人。他是生活中最温暖的“疗伤男”，他让叶醉和苹果永远都有着尊严。

苹果义无反顾地扑在何梨怀里，两人拥吻，风生水起，此时的骆南无地自容。

片刻后，叶醉悄悄对何梨说：“哥们，我的确欠你的，现在我把你的爱还给你了。”

那一刻何梨哽咽了，他没想到一直扬言要报复自己的女人竟然会帮助自己。

当晚，叶醉宣布，马上大婚，冯传奇心花怒放。

第五节

冯传奇和叶醉的婚礼提上了日程，怀了孕的叶醉在兴高采烈地装修苹果家对面的那套房子。

冯传奇准备婚礼的热情也是热火朝天，这一次他是认真的，他爱叶醉，他更想好好做一名父亲，人过四十，开始想有个安稳的家，所以他不允许叶醉受到伤害，唯一能做的就是马上给叶醉一个婚礼，即使将来叶醉与骆北的关系曝光，那只能代表过去，而此刻的叶醉已经重生。

冯传奇带着叶醉去挑戒指，选婚纱，当叶醉在婚纱店穿上婚纱的那一刻，她的眼泪飞溅。叶醉曾经是多么希望这一天的到来，可是新郎不是骆北，而是冯传奇，而身边的这个男人更牢靠，更值得相守……

两人拍摄婚纱照，卿卿我我，你侬我侬，冯传奇告诉叶醉，"今天开始，忘掉过去，忘掉一切，今天是你叶醉的新生，也是我冯传奇人生的新起点，就让那个秘密永远成为秘密。"

当晚，两人包了一间奢华的总统套房，在那间套房里，冯传奇正式求爱了。

"姑娘听着，我不会爱上一个漂亮的女人，但是我要爱上一个让我的生活变漂亮的女人。你就是那个女人，我爱你爱定了，谁也抢不走我的东西，包括我的儿子。”冯传奇的这段话前半句很感人，后半句却彻底惹恼了叶醉。

“你怎么知道是儿子？！”叶醉嬉笑着。

“姑娘听着，我有点二，认准的事情不会变。但是‘二’不可怕，二点五最可怕。你面前站着一个愿意为你赴汤蹈火的男人，所以你嫁给我是绝对正确的。”这个男人没有高嗓门的辩论，但是他威严的男中音却会彰显出无穷的气场，让你纵使有天大的怨气也无从发泄。

“我说了要嫁给你吗？！——”叶醉依然调侃着，她的唇突然就被冯传奇给紧紧吻住了，那吻炽烈激荡，吻得叶醉根本招架不住了。

“我曾说过，活到老，泡到老！但是我现在改了，我要为我的幸运女神好好地活着！我要为我的幸运女神拒绝一切！姑娘记住，一个女人最骄傲的不是拥有过多少个男人；而是她的男人，愿意为她拒绝多少女人……”

冯传奇的话掷地有声，叶醉流泪了，她的泪哗哗而下，像决堤的钱塘江水。叶醉抬眼，氤氲的雾气中，看到了冯传奇柔软的眼神，他什么也没说，只是在悉心注视着对方。一杯温热的奶茶递过来，在袅袅升腾的烟雾中，叶醉突然有种悲壮的感觉。

快 30 年了，从没有人这么体贴自己过，在这个城市除了加班就是狂欢，从没有过此刻宁静温暖的生活，这种感觉太好了。有一滴泪从叶醉脸颊滑落，在这个傍晚的黄昏里记录了一切，它缓慢地穿越了 29 年的心路，最后滴在了奶茶杯里。那啪嗒的一声轻响，让叶醉听到了自己心花盛开的声音。

此时的暮色迟迟没有落下青黑的夜幕，似乎傍晚的玫瑰火烧云流连忘返，仍没有退出热闹的云层，整个天穹被染成了紫色的夜空，绽放着浪漫与飘逸的色彩。

“爱是挣扎，爱是优雅，爱是对话，如此伟大；爱是责骂，爱很复杂，爱是惩罚，让人惧怕……落幕，灯亮，人潮，相爱。请记住，当爱来临的时候，务必温柔相待……”

一切平静之后，冯传奇拿出手机，递给叶醉，“叶醉，给苹果打电话，邀请她做你的伴娘，因为在我眼里，你和苹果就是闺蜜，我相信你和苹果的友谊是真心的。”叶醉接过手机，打通了苹果的电话。电话里的苹果兴高采烈，答应出任叶醉的伴娘。

此刻的苹果正和何梨一起待在韩餐厅，最近出了这么多事，生意下滑了很多。由于叶醉怀孕、冯传奇忙婚礼，这家餐厅基本上是何梨在经营，这些天何梨也累瘦了。

苹果接到叶醉的大婚消息后非常开心，执意要拉着何梨去给对方买礼物。两人转了半天，终于选了一套豪华的床上五件套送给叶醉。

这边厢，宋天鹅的病情在何梨妈的精心照顾下渐渐好转，刘上帝过意不去，一次性把拖欠麦大可的工资全部还给了麦大可，接着还要把这些天的护理费掏出来，结果被何梨妈拒绝了。她说自己并不是事事要钱的人，这次的事自己家的何梨有责任，这就算是老姐妹的互相帮助吧。

说着何梨妈一看桌子上的水果都没削皮，粥也是凉的，立马就说刘上帝粗心，这样照顾人可不行。还说这水果最好榨成汁，这粥一定要是温的，说罢何梨妈就动起手来干活。宋天鹅不傻，全都听见了，她的眼睛里面潮潮的，何梨妈一见这阵势，立刻恢复了老样子，“老宋啊，赶紧好，我这天天没个人跟我吵架，我还闷得慌呢，我替我儿子说声对不起，骆北的空难啊……唉，都是命，你心里就别过不去了，以后你好了咱们接着吵……”

这话太感人了，宋天鹅在床上呜呜地哭了起来，刘上帝也赶忙转身擦眼泪。

叶醉婚礼的前一天，叶醉约了产科医生去做检查，苹果陪同。在B超室，苹果看着叶醉彩超机里显示的胎儿，开心的眼泪都要出来，医生还笑话说不知道的人还以为怀孕的是苹果，大家都笑了。苹果拉着叶醉的手说，“我能不能当孩子的干妈呀？”叶醉顿时眼泪就出来了，她看着如此单纯善良的苹果，连连点头，说孩子有这么一个好干妈，是福气。苹果听到赞誉，开心不已。

叶醉和冯传奇的婚礼如期举行了，在场宾客满朋，苹果和叶醉在化妆间，苹果说：“你是最美的新娘”。叶醉看着穿着伴娘装的苹果，说，“苹果，你好美，谢谢你，你一定要比我幸福！”苹果笑了，“傻丫头，今天你是老大，你一定是最幸福的！”此时何梨正站在门口，他并不知道一场更大的暴风疾雨即将到来。

第六节

这阵子费利已经转卖掉了自己的限量版修车行，在麦琪琪的调解下，他转而去父亲的公司上班了，如今是一个规规矩矩的小白领。

今天费利和麦琪琪也一起携伴来参加叶醉的婚礼。由于费利骨子里还是要显摆得瑟一番，故意开出了自己限量版的一辆跑车，于是拉风似的去接麦琪琪，这下麦琪琪可谓是风光大收。

此时费利突然发现自己名片没带，于是让麦琪琪上楼去帮自己拿。

麦琪琪拿着钥匙打开了苹果家的门，来到了费利的房间，顺手拿了一个包就匆匆下楼。跑车上，费利抱怨麦琪琪怎么不拿自己新买的普拉达公文包，拿了这么个破玩意儿，麦琪琪反击道："你房间乱的简直是垃圾场，根本找不到，就随手拿了一个包。"已经没时间了，费利整了整领带，踩住油门，跑车开足马力向前开去。

现场婚礼已经开始，司仪口吐莲花，叶醉幸福如花，新娘扔捧花，叶醉故意扔给了苹果。苹果捡到，开心不已，何梨在台下看着，内心感动……

这时费利拉着麦琪琪进入会场，到场的嘉宾有不少都是生意人，费利一看是个好时机，打开皮包拿出一堆名片开始分发。这时身后的服务生来上菜，结果两人一撞，费利包里的东西散落，一堆苹果的照片掉了出来，其中还有那张叶醉和骆北的撩情照片！最最让人瞠目结舌的是，骆北的手竟然搭在叶醉的胸口上！

苹果看到了这张照片，她缓缓地走过去捡起，何梨也看到了这张照片，但是想阻止已经来不及了……

窗外狂风骤起，仿佛台风登陆……

苹果的脸色大变，她怔怔地看着台上的叶醉，再看看手中照片上的叶醉，瞬间全都明白了！她就是何梨口中那个骆北外遇的女人！她就是那个背着我和骆北产生感情的女人！她就是那个口口声声成为我闺蜜的女人！她就是那个让我死都死不明白的心机女人！

整个婚礼现场乱成一团，周围的宾客看到照片里的女人就是台上的新娘叶醉，纷纷议论起来，何梨欲冲上去销毁照片，可是苹果已经冲上了典礼台。

典礼台上甜蜜的叶醉和冯传奇也意识到出事了，这时苹果声泪俱下地把照片摔在她脸上，质问这是怎么一回事？

叶醉知道这一天迟早要来，不妨干脆大大方方承认吧，叶醉掷地有声地承认了自己和骆北的私情。

当苹果真的从叶醉嘴里听到这句话的时候，苹果整个人都要裂开了，她颤抖着身体狠狠给了叶醉一记耳光……愤怒的苹果彻底崩溃了，她砸了捧花，摔了杯中酒，继而转向何梨，厉声质问对方，“这一切你是不是早就知道？叶醉的身份你是不是一早就知道？”

何梨吞吞吐吐不知该怎么回答，精心维护了这么久的防线最终还是坍塌了，何梨此时沮丧不已，他感叹命运的无常。

苹果指着叶醉，“你真让我恶心！”说着，就往外跑，何梨拉都拉不住。

虽然叶醉对这个场面早就有心理准备，但是当它真的来的时候，叶醉还是崩溃了，她的大腿下流出鲜红的血液，众宾客尖叫，叶醉动了胎气，估计要流产了。冯传奇吓坏了，赶紧背起叶醉就往医院跑。

麦琪琪知道自己闯祸了，躲在角落里不敢吭声，费利气急败坏，他第一次这么厉害地训斥自己的女友麦琪琪。

骆南也来参加婚礼了，怎么说都是对门邻居，红包还是要送的。虽然骆南来得晚，但是很快知道了这一切，他没想到叶醉就是哥哥外遇的女人，更没想到这个女人这么处心积虑，一直在苹果的身边充当卧底，充当闺蜜，最终老天爷看不下去了，叶醉搬石头砸了自己的脚。

病床上的叶醉命悬一线，医生说她经常减肥，体质太虚，所以点滴都不敢间断。冯传奇恳求医生尽最大努力保住孩子，医生同意了。

这边厢，何梨跑去了苹果家，可是怎么敲门对方也不开。这时骆南恰巧也从外面回来了，他说他也找了苹果一下午，可是对方根本不接电话。

苹果失踪了！

何梨和骆南大惊失色。

第七节

何梨和骆南都急疯了，两人分头去找，可是都无人影。何梨说要不报警吧，骆南说要失踪人口要48小时后才会立案，两个男人坐在苹果家楼下气喘吁吁。

何梨去小卖铺买水，顺便给骆南买了一包烟，当何梨把一瓶水和一包烟递给对方时，骆南感受到了何梨的细心，两个男人此刻的眼神都有了一丝理解和包容。

骆南问何梨，为什么要替叶醉隐瞒这么久，何梨说，“叶醉也不容易，其实她也是无辜的，是骆北玩弄了两个女人，但自己更多的还是想保护苹果，苹果刚经历了丧夫之痛，我不想再让她经历一次男友劈腿的痛苦。再说我答应过骆北保密的，因为他答应我出差回来后会跟情人叶醉分手……” 骆南听完，竟然哽咽起来，他没想到何梨这么守信，骆南的内心确实埋怨哥哥不应该脚踩两只船。

“其实人世间有很多人没必要做仇人，就像很多事没必要知道真相一样，如果真相无法到达，那希望它永远不要有彼岸。这个不见，是最好的相见；这个不知，是最好的相知。”何梨再次脱口而出的话着实打动了骆南，他没想到这个看似内敛、行为猥琐的男人能有如此的胸怀。

但是苹果依然是横亘在两个男人心口上的一道无法逾越的坎儿，对此两人谁也不会让步。

何梨要骆南先回家，宋天鹅需要他照顾，如果苹果回家了他会第一时间告诉，骆南不走。何梨反问，“怎么，怕我把苹果藏起来啊？”骆南不服气，“咱俩谁最后输还不一定呢！”何梨无奈起身先走了，因为叶醉住院了，他要去探望。结果那晚，骆南在苹果家楼下坐了整整一晚。

何梨急急忙忙地来到了医院探望叶醉，疲惫不堪的冯传奇准备出门去给叶醉买药，正好与何梨撞个正着，何梨说苹果不见了，冯传奇立马堵上他的嘴，说千万不能让叶醉知道，因为叶醉现在非常虚弱，很可能孩子会流产。

谁料叶醉听到了，她一下子从床上跳了下来，质问何梨苹果到底去哪儿了？可是沮丧的何梨一个劲儿摇头，表示自己也不知道。叶醉的心在滴血，她一遍一遍拨打苹果的电话，但是对方的电话无人接听。

此刻的苹果正待在一个不被打扰的地方，她需要把思绪捋一捋。事情的起因是骆北，但是自己和骆北没有结婚，按理说骆北也有重新选择的权利。这个世上，异性相吸是很正常的事。她不憎恨骆北有了外遇，也不憎恨叶醉和骆北有一段情，但是她憎恨为什么叶醉这么恨自己却偏偏要和自己装成闺蜜，而且还要处心积虑地接近自己最终实施她的报复计划？！

苹果一直以来都是真心实意地对待每一个人，对待骆北如此，对待何梨如此，对待骆南如此，对待叶醉也是如此，她实在无法接受她的闺蜜竟然是她的情敌！

正当苹果心烦意乱的时刻，那个久也未打通的139的匿名电话竟然打通了，对方的电话打到了苹果的手机上。苹果看到这个号码迅速接起，于是她听到了那个澳洲老太太熟悉的声音，对方让她立马飞到另一个城市来……

这边厢，心烦意乱的骆南约费利一起出来喝酒，谁料费利说漏了嘴，说他知道苹果的下落。骆南求对方告诉他，费利无奈说了出来。

此时的宋天鹅已经病愈出院了，她身边有刘上帝照顾，于是骆南迅速订好了一张机票，准备前往外地寻找苹果。

临走之前，他约出了何梨，他说自己想跟何梨来一次男人之间的对决，不管自己以前是误会对方也好，嫉妒对方也好，今天全部来个了断。“马术、拳击和游泳，谁先打倒对方，谁就赢得苹果。”何梨应战。

第一轮，马术。骆南轻松取胜。

第二轮，拳击。何梨搬回一局。

第三轮，游泳。何梨再次取胜。

最终何梨赢了骆南，这时骆南拿出一张机票，对何梨说，“去找苹果吧，苹果在云南，我已经给你订好了机票。我哥欠你一张机票，现在我还上了。”

原来，骆南已经决定退出了，此前他迅速订好的机票，也是给何梨订的。但是他要用男人的方式退出，而不是松松垮垮地拱手相让，最后一局骆南是故意输给何梨的，他输的心服口服，因为他觉得对面的男人比自己更能让苹果幸福。

何梨并不知道骆南的相让，他只说了一声谢谢，抓过机票就向机场跑去。

第八节

此刻的苹果飞到了云南的一个小镇，这个139匿名电话的主人终于显身，他是一个操着一口不太流利普通话的外国男子。他告诉苹果，那个澳洲老太太是他妈妈，自己在空难中侥幸存活后，又不幸遭遇车祸，住院期间手机被妈妈拿走了，现在出院了，于是赶紧联系苹果。他还告诉苹果，骆北死前给了他一个录音！

苹果很震惊，她等待对方的讲述。

事情是这样的，这个叫杰恩的男人向苹果阐述了全部的经过。杰恩和骆北是邻座，飞机出事后，大火熊熊燃烧起来，骆北的双腿被压住了，根本出不来了，飞机很快就要爆炸了，骆北预感到自己凶多吉少，于是他给苹果录了一段录音，她说自己对不起苹果，也对不起叶醉，因为他骗了两个女人。如果有一天两个女人能遇到，希望苹果可以原谅叶醉，因为叶醉也是无辜的，所有的造孽者都是自己。骆北还给苹果发了一条短信，让她去取那个爱尔兰建筑的U盘，那上面有叶醉的照片，他希望苹果可以看在自己死亡的份上原谅她的情敌叶醉。

人在何时最清醒，大祸临头时，重病缠身时，遭受重挫时，退休闲暇时；人在何时最糊涂，春风得意时，霸权专横时，迷恋情爱时，想占便宜时。此时的骆北异常清醒，他已经知道自己生命将尽，随后骆北把录音交给了杰恩，随后飞机爆炸，骆北死亡，杰恩获救。

苹果听着骆北的声音，嚎啕大哭……

杰恩也听到了骆北临死前的忏悔，觉得很感慨，他也明白了苹果已经知道了骆北还有一个情人的存在，于是他开始开导苹果。他说骆北很伟大，因为他敢于直面自己的错误，而且还敢于承认自己有负于两个女人。

苹果渐渐释怀了，她脸上的表情变得不那么耿耿于怀。之后杰恩带着苹果在云南四处散心，一条小街上一个老者的那支民族歌谣真的唱到了苹果的心坎里，那个老者在唱着："谁的心里没有秘密，原来因为我爱你……"

苹果听着听着突然流泪了，虽然最终还是真相大白了，可是如果没有何梨这个"义务救火员"，也许自己早就和叶醉剑拔弩张了。何梨一直遵守自己和骆北之间的承诺，誓死隐瞒骆北外遇的秘密，其实人世间有些人为什么非要做仇人呢？此时的苹果突然想念何梨，歌手老者送给了苹果一个红绳玉坠手链，说是保平安，又可以心想事成。

苹果并不知道，何梨已经到了昆明，但何梨不知道苹果在哪里，苹果的手机欠费停机了，她也没顾得上去充值，何梨只能去当地电视台登寻人启事。

记者了解了何梨的事情，决定帮何梨寻找爱人。

何梨出现在了当地的新闻节目上，此时的苹果在一家餐厅吃饭，并没有注意电视上播的新闻，而就此错过。

苹果坐在出租车内，司机调频，居然出现了何梨的声音，苹果吃惊！让司机别换台，苹果听到何梨说着自己对她的爱和思念，说他在广播台等她。

苹果让司机立马掉头……

一下车，苹果看到了憔悴不堪的何梨，终于终于这一刻，何梨将苹果紧紧拥入怀中……

两人接吻，风生水起。

今晚值得纪念，大家相遇在这里，揭开了一个尘封已久，又神秘依然的故事。

此刻苹果的脸上没有太多的悲痛，大概得知骆北死讯的时候，泪已经流完了；她的脸上也看不出太多的愤怒，大概骆北的出轨对于他临终前的忏悔和坦白来说，已经成了一件微不足道的事情，此刻这一切都不那么重要了……

你挨得住多深的诋毁，就经得住多大的赞美。此刻的何梨彻底明白了这句话。

一切都大白于天下了，何梨这个男人内心的善良、真情和温暖在苹果面前一览无余。此刻，还需要说什么呢，唯有最炽烈的爱才能抚平这一切。

今晚的夜色，醉美撩人，迟来的爱火将他们层层席卷……

“何梨，我爱你。”苹果深情地说，那双眼睛里含情脉脉。

何梨把那表情准确接收，回了一个包容而坚定的微笑，他的眼里闪过光亮，那光急速而辉煌，刺得苹果内心激荡。

此时屋里很静，何梨没有说话，而是紧紧地吻住了苹果，青黑色的夜幕中两人深吻着，那吻缠绵、幽深，又有着自由的张力，两个如鱼般轻盈的身体在缠倦中依偎着，熊熊点燃了压抑在两人心底的爱恋与欲火。

“我也爱你，从第一眼见到你时，我就爱上你了……”

这个晚上何梨和苹果相拥在一张大床上，两个人相拥而眠，虽然什么也没有做，但确是像十年的夫妻那样熟稔。何梨抚摸苹果的卷发，苹果依偎在何梨的臂弯里唱歌，何梨喜欢听她哼那首曲子——周杰伦的《青花瓷》。“天青色等烟雨，

而我在等你 / 炊烟袅袅升起，隔江千万里 / 在瓶底书汉隶仿前朝的飘逸 / 就当我，为遇见你伏笔……”

何梨的出现，一直是为遇见苹果埋下的伏笔。

是啊，不到最后一刻，千万别放弃，有时候，必须有前面的苦心经营，才有后面的偶然相遇。何梨坚信了这句话。

那天晚上，天空寂静辽阔，星光闪烁着钻石般的晶莹，房间里飘起淡淡的花香，外面是一轮美丽的红月亮。

有时候，幸福很简单。看有情人终成眷属，看一树又一树的繁花，看他们的幸福，看追逐的云朵，看痴情的泪水，看别人的婚礼……此时何梨的眼前又闪现出两人相识的一幕幕，电梯救勇，电影海报，古堡 U 盘，钻石手链，还有幸福的笑声，委屈的泪水，一场场，一幕幕，回放在眼前……

“爱是挣扎，爱是优雅，爱是对话，如此伟大；爱是责骂，爱很复杂，爱是牵挂，让人放不下……”何梨想起了这句话，并深情地亲吻起身边的女人。

世界那么乱，爱情那么好，遇见的很多，懂得的人太少。

何梨和苹果百转千回，总算又转回到了当初相识的地方，一段真爱跨越磨难，辗转而来，应该说他们才是真正懂爱的人。

今晚的苹果打扮得非常得体，一头栗色卷发，一件象牙白衫，一条橘色灯笼热裤，衬出修长的腿。眼眉处有橙色的银闪亮片，一双剪水瞳在幻彩的霓虹中分外灵动。

面对苹果的绽放，何梨不说话，他用自己坚实的胸膛给所爱的女人希翼和希望。

爱情对于何梨不是一勺一羹，不是身体的触碰，它是不死的欲望，是疲惫生活的英雄梦想。

第九节

何梨带着苹果回家。何梨告诉苹果，叶醉住院了，很有可能流产，苹果大惊失色！

骆南看着何梨带着苹果回来了，心里说不出什么滋味，他知道，此刻的他已经成了局外人！但是骆南在苹果和何梨不在时，无怨无悔替苹果装修了新房，他想用自己设计师的方式送上祝福。

费利知道苹果回来后，也立马带着麦琪琪回了苹果家。

当苹果回到家的那一刻，被眼前焕然一新的一切惊呆了，她和何梨心里都明白，这是骆南送给他们的结婚礼物。

这一晚，何梨、骆南、费利、麦琪琪都在苹果家，大家都不说话，似乎都在等着苹果的决定。

苹果半天才从房间出来，拿出那个红绳玉坠手链，“这是我在云南的时候一个老者送给我的，我打算送给叶醉的孩子，对方说可以保平安，还可以心想事成。”众人尖叫，欢呼雀跃。

一分钟也不敢耽搁，所有人齐齐杀向医院，苹果第一个冲向叶醉的病房。叶醉看到苹果，激动不已，也羞愧不已，但是苹果一句发难的话也没说，她拿出那个红绳玉坠带到了叶醉的手腕上，说了一句，“它会保佑你的孩子的，说好的，我可是你孩子的干妈！你可不能反悔哦！”叶醉哇哇大哭起来，苹果也泪如雨下，两个女人紧紧抱在一起……

这时病房内的人全都感慨万千，他们看到了温暖的一幕，看到了高尚的一幕，看到了洗涤心灵的一幕。

谁料这时叶醉突然出现了肚子疼痛难忍的现象，医生吓坏了，赶紧推叶醉去手术室。

叶醉命悬一线……

手术室外的苹果和众人也焦虑万分，生怕叶醉肚子中的孩子有个闪失。这时苹果悄悄找到了自己的姐夫费一腾，他家大业大门路广大，对方找了一个资深的专家给叶醉做手术，有幸保住了胎儿，手术室外的众人全部热烈相拥。

那一刻，何梨拥抱着苹果，他第一次发现这个女人是那么美……

叶醉出院之后，安心养胎，但是她决定把自己的房子卖掉，把之前苹果赔的钱都还给苹果。可是苹果听说后坚决不同意，她说那件事已经翻篇了，现在两人是雷打不动的闺蜜。最后叶醉和冯传奇退出了韩餐厅，他们把股份都让给了苹果和何梨，他们认为这对情侣可以经营得更好。

骆南决定出国留学了，他告别了妈妈和刘上帝，独自一个人前往机场。谁料快要登机时，何梨和苹果前来送行了。两人先把骆北的40万还了，末了，何梨说想送给对方一首自创的歌曲，名字叫《致我们终将失去的情敌》。何梨说："这么久以来我一直把你视为情敌，因此我自己的日子也过的很压抑。其实谁的爱情路上没有情敌，情敌让我失落，也让我成长，我今天才发现我和你已经成为密不可分的好友了，我希望骆南今后的路越走越畅"。

"爱人是路，朋友是树；人生只有一条路，一条路上多棵树；有钱的时候别迷路，缺钱的时候靠靠树；幸福的时候莫忘路，休息的时候浇浇树……"何梨的歌声响起，骆南静静地听着，歌词很感人，两人心绪万千。

骆南开玩笑说："你和苹果结婚的时候最好不要请我，小心婚礼上我抢走你的新娘……"众人大笑，笑中带泪。

骆南登机，谁料这趟飞机上竟然看见空姐陆小菲给他送饮料，对方说自己改行当空姐了。陆小菲调侃，"你们家人怎么还敢坐飞机啊？"骆南回答，"不一定都遇上空难吧，没准遇上一场艳遇呢。"两人对视，哈哈大笑。

第十节

旅行社在最近两天一直给苹果打电话，提醒她手里抽中的那两张免费欧洲游的名额目前将满一年，即将作废，希望她快点抽出时间来参团消费。苹果问对方，目前参团是哪个国家，导游小姐告诉她，目前是欧洲爱尔兰深度游。

爱尔兰，这个国家的名字在苹果的脑海里心驰已久。这就是世界上那个没有离婚的国家吗？这就是那个牛羊比人群多的国家吗？这就是那个拥有都柏林城堡的国家吗？这就是骆北曾答应自己最终却爽约的国家吗？

此时，何梨把一个都柏林城堡的 U 盘交给苹果，并告诉他自己早就删掉了上面的照片，但是故事讲完了，U 盘也要物归原主了。苹果接过 U 盘，注视着这个都柏林城堡，那巍峨神秘的城堡建筑一瞬间让她突然明白了这其中的奥秘。

原来老天爷一直让她在等这个可以一起与她结伴旅游的男人，一直让她在等这个真正带她去爱尔兰的男人；一直让她在等这个忠诚于她永远不会背叛她的男人，一直让她在等这个可以带她去爱尔兰参观永久婚姻国度的男人。这个男人就是与她上辈子欠下情债的人，这个男人就是那个功过参半的男人，这个男人就是眼神干净、心地善良、热情清澈的何梨。

历史是一个故事，由胜者讲述，胜者主宰了所有细节，胜者是谁？野蛮的战士，疯狂的国王，贪婪的叛徒。但是在苹果与何梨相知相爱的这段历史上，善良和温暖充斥了所有的细节。

此刻，飞机轰隆，一架空客航班即将前往美丽的岛国爱尔兰。飞机的临窗座上，何梨依然穿着初次见苹果面的那件蓝格子T恤，而苹果则穿着何梨送她的那件粉色连衣裙，楚楚动人地冲着他微笑。

这个女人退却了16岁时的青涩，平息了26岁时的彷徨，释然了30岁的焦虑，换来的是淡定眼神，从容微笑。在经历了人生百态，世间冷暖后，这笑容依然温暖纯真。

愈欣赏，愈懂欣赏。

每个女人都是上帝的天使，当她爱上一个人时，会甘愿折断自己纯白的双翼坠落凡间，一切都完美无瑕，所有人都应该为她们送上祝福，但是始终有一个男人会突然出现在岔道口，等她。

那是她命中的爱。

起飞的飞机上，苹果扔掉了那个U盘，一起扔掉的还有自己和何梨的过去。

与此同时，何梨把一条鱼骨项链戴在了苹果的脖子上，据说这是大西洋里一种珍稀鱼的骨骼打磨而成的，而且只有将雌雄两种鱼骨打磨的珠子串到一起时，才会散发出奇异的芳香。当地人都会买这种项链送给心上人，它代表着感情地久天长、历久弥坚……

人世间总有一些奇妙的缘分，使善良轮回，真情互馈，让相爱的人各得其所。

“前妻俱乐部”韩餐厅又重新开张了，何梨将之改名“真爱俱乐部”，他和苹果都倾注了真心。这里新开了许多包间，苹果亲自担当设计师，纸婚，棉婚，木婚，皮婚，银婚，金婚，钻石婚，这一个个蕴意深长的包间名字，代表了俩人对长久婚姻的祝福。他们希望，他们身边所有经历过婚姻之苦的人都可以得到真正的婚姻之乐。何梨会把这个韩餐厅一直开下去，让那些不愿踏入围城，或不断踏入围城的人在这里止步，在这里疗伤，在这里找到爱……

图书在版编目（CIP）数据

苹果遇上梨／张晓芸著．—北京：中国电影出版社，2016.10

ISBN 978-7-106-04574-6

Ⅰ．①苹… Ⅱ．①张… Ⅲ．①长篇小说—中国—当代 Ⅳ．①I247.5

中国版本图书馆CIP数据核字（2016）第240309号

责任编辑：秦　娜
封面设计：春　香
版式设计：杲　杲
责任校对：乾　风
责任印制：张玉民

苹果遇上梨

张晓芸　著

出版发行　中国电影出版社（北京北三环东路22号）　邮编100029
电话：64296664（总编室）　64216278（发行部）
64296742（读者服务部）　Email:cfpygb@126.com

经　　销　新华书店

印　　刷　北京玺诚印务有限公司

版　　次　2016年10月第1版　2016年10月北京第1次印刷

规　　格　开本／787×1092毫米　1／32
印张／7.625　字数／120千字

书　　号　ISBN 978-7-106-04574-6／I·1117

定　　价　28.00元